내가 버린 도시, 서울

내가 버린 도시, 서울

방서현 장편소설

문이당

작가의 말

　시골과 지방 도시에 있던 내가 서울에 발을 내딛게 된 것은 오래전의 일이다. 말하자면 그때 서울에서 첫 사회생활을 시작한 거였는데, 내가 처음 둥지를 튼 곳은 서울 한복판에 있는 어느 한 주택가였다. 그곳은 전철역과 전철역 중간에 위치해 있고, 하천과 대로변을 끼고 있었다.
　내가 세 들어 산 집은 골목에 있는 다가구 주택으로, 지하에는 노래방이 있고 일층에는 식당과 정육점과 부동산이 있었으며 이삼층은 주거공간으로 2층에는 3가구가, 3층은 집주인이 살았는데 난 주인집 옆에 꼽사리 끼어 생활했다. 삼층 구석진 데로 별도의 작은 부엌이 따로 있으나, 책상 하나 놓고 겨우 한 사람 누울 수 있는 두 평 남짓한 공간이다. 그 당시 난 학원에서 강사로 일했기에 낮에는 시간적 여유가 있었다. 그래서 책을 보다가 산책 겸해서 동네를 한 바퀴 돌고, 나중에는 동네 주변으로 행동반경을 넓혀 갔다.

서울은 촌뜨기인 내게 참으로 뻬까번쩍한 곳이었다. 고층 건물에 무수한 사람들, 넓은 길, 멋진 차들, 무엇을 보든 신기한 것 투성이였다. 나의 이십대의 서울은 즐겁고 멋지고 세련된 것들로 가득하고, 서울의 그 으리으리함은 시골과 지방으로서는 도저히 따라잡을 수 없는 드높은 데였다. 말은 그렇게 했지만, 사실 주택가조차도 내게는 화려한 곳이었다.

그러나 나의 이런 생각을 조금 깨는 일이 생겼다. 내가 사는 주택가 도로 건너편에는 아파트 단지가 있었는데 어느 날 그곳을 가까이에서, 코앞에서 정면으로 마주하게 되었다. 그전에는 잘 몰랐는데, 큰길을 사이에 두고 주택가와 아파트 동네는 서로 판이한 모습을 하고 있었다. 주택가와 달리 아파트 동네는 도로가 넓고 골목마다 예쁜 상점들이 즐비했다. 건물들은 하나같이 근사했으며 거리는 방금 청소한 듯 휴지 한 조각 없이 깨끗했다. 단지 안에는 사람들이 드물게 오가고 있고, 그들은 마치 웅장한 성안에 사는 듯해 보였다. 난 그때 처음으로 느꼈다. 성 내부 사람과 외부 사람의 차이가 존재한다는 것을.

이 작품은 그때의 첫 느낌을 바탕으로 하여 글을 쓰게 되었다. 난 지금도 오래전 서울에서의 삶을 생각해 본다. 서울에 살며 난 한때 도시의 삶을 당연하게 여기고, 그리고 화려함에 가려 보고도 보지 못하는 눈뜬 봉사가 되어 버렸다. 아니, 어쩌면 두려워 애써 외면했는지도 모르겠다. 안경을 벗고 세상을 보면 자본주의 세계에서 즐기는 것이 떳떳하게 여겨지지 않기에……. 이상한 세계에 살면서 나도 점점 이상해지고 있다는 것을 느꼈을 때 난 다른 세상을, 또 다른 세계를 홀로 꿈꾸기 시작했다.

작품에 대해 상세하고도 깊이 있는 해설을 써주신 최의진 선생님께 감사한 마음 전한다.

두 눈이 점점 어두워져 가는 어머니께, 나의 이 두 번째 책을 바친다.

2025년 쓸쓸한 날
해 질 녘 논산 방죽안에서
방 서 현

차례

작가의 말

산언덕에서 …… 11
똥수저 동네 …… 16
흙수저 동네 …… 72
은수저 동네 …… 118
금수저 동네 …… 162
숲속 호수에서 …… 228

작품해설: 언젠가 도시는 흔들리고 / 최의진 …… 233

산언덕에서

1

산언덕 위에는 벤치가 놓여 있어요. 등받이가 있는, 밤나무 판재와 자작나무 생목을 이용해 만든 등받이 벤치입니다. 그것은 주변 환경과 어울리지 않게 운치와 품위가 있어요. 가로로만 쓰는 스타일을 벗어나 등받이 부분이 세로로 짜여 있고, 윗부분도 단순히 일자가 아닌 모양을 내 좌우 대칭을 이루고 있어요. 원목이다 보니, 나뭇결도 그대로 보입니다. 도토리색으로 도색돼 있는데, 무늬가 아름다워요. 하지만 갈라지고 휘어지고, 옹이 부분이 금이 간 듯 깨져 있기도 합니다. 자연 그대로를 이용해 온도와 습도에 수축과 팽창을 반복했기 때문이겠지요.

이곳에 누가 벤치를 설치해 놓은 걸까요, 그전에는 키 큰 느티나무만 홀로 서 있었습니다. 그것은 정자나무 혹은 시무나무로도 불렸는데, 동네 사람들이 가끔 이곳에 떡을 놓고 고사를 지냈어요. 나무 둘레에 금색이 처져 있고, 밑동에 백지가 감겨 있었죠.

난 잠시 느티나무를 올려다봅니다. 예나 지금이나 느티나무는 덩치가 큽니다. 가지가 사방으로 뻗어 있고, 가지마다 마른 잎새가 하늘을 커튼처럼 드리우고 있습니다. 예전에 주민들이 시당국에 벤치를 놓아 달라고 한 적이 있었어요. 언덕배기에 올라서면 숨이 차고 다리가 아파 쉼터가 필요했기 때문입니다. 그러나 시당국은 들은 체도 하지 않았어요. 주민들의 요구를 간단히 묵살했죠. 만약 저 아래 부자 동네였다면 어땠을까요, 아마 요구하기도 전에 시당국에서 먼저 해결해 주었을 거예요. 부자 동네는 함부로 대할 수 없고 시 당국과 떼려야 뗄 수 없는 동반자적인 관계이니까요.

벤치는 어쩌면 시당국에서 설치해 준 건지도 모릅니다. 이곳이 재개발 문제로 방송을 탄 적이 있고 SNS를 통해 사람들한테 알려진 터라, 전처럼 시당국에서 마냥 손 놓을 수만은 없는 상황입니다. 그전에는 특별한 날이 아니면 달동네에 외부인 보기가 어려웠습니다. 외부인이 이런 빈민촌에 올 이유가 없었죠. 그때는 조용했는데, 어느 날 방송을 탄 뒤로 사람들이 찾아오기 시작했어요. 사람들은 달동네를 보며 신기해했죠. 아직도 서울에 이런 곳이 있다는 것에 놀라고, 뜻밖의 모습에 적지 않은 충격을 받았어요. 그러면서도 어떤 안도감과 친밀감 같은 것을 느꼈지요. 사람들은 사진 찍느라 바빴습니다. 골목도 찍고 전신주도 찍고 담벼락도 찍고, 줄에 널린 빨래도 찍으며 달동네의 곤궁과 낭만을 마구 훔쳤습니다.

2

평일이라 그런지, 외부인은 보이지가 않아요. 동네는 전과 달리 확 늙어 버린 모습입니다. 물론 전에도 그랬지만, 그때보다 허리가 더 꼬부라져 주저앉기 일보 직전이에요. 주민들이 앉아 있던 골목은 텅 비어 쓸쓸함이 감돌고 있어요. 안으로 들어가니, 동네 모습이 구체화됩니다. 마치 커다란 화면을 통해 보는 것 같아요. 아니, 과거 타임라인 어디에선가 뚝 떼어 놓은 풍경을 마주한 그런 느낌이에요. 막 쌓아 놓은 상자들 같은 촘촘한 집들, 거미줄처럼 뻗어 있는 좁디좁은 골목, 여차하면 쓰러질 것 같은 위태위태한 축대 등 그전과 같으면서도 다릅니다. 예전에는 동네에 훈기 같은 게 있었지만, 그런 것을 느낄 수도 없습니다. 많이 변한 것은 담벼락입니다. 담벼락에는 전에 없던 벽화가 그려져 있어요. 공공미술 프로젝트에서 주관해 만든 벽화로 놀이 기구를 그린 그림이 있고 개나 토끼 그림도, 해바라기나 코스모스 같은 꽃 그림도 눈에 띕니다.

동네에는 빈집이 많습니다. 빈집들은 대번 표가 납니다. 담쟁이덩굴이 집을 점령하고, 버려진 살림살이를 잡초들이 뒤덮고 있어요. 대문에는 경고문과 안내문이 붙어 있습니다. 동그라미를 그어 놓기도 하고, 빨간색 래커로 출입 금지라고 써 놓기도 했어요. 그리고 폐허가 된 집들도 보입니다. 한쪽이 무너지고, 지붕이 날아가 형체를 알아볼 수 없어요.

그때 무언가 날 주시하는 시선이 느껴져요. 고개를 돌리니, 담 위에 고양이 한 마리가 있습니다. 하얀 털에 약간의 갈색이 들어간 마른 고양이입니다. 녀석은 다소 겁먹은 눈으로 날 바라보고 있어요. 사람들이 많이 떠났는데도 고양이들은 여전히 자리를 지키고 있습니다. 골목 전봇대 아래에 있고 폐허가 된 집 창문에도, 검은 지붕 위에도 있어요. 보기에 고양이들은 햇빛을 받으며 한가로운 시간을 보내고 있습니다. 갑자기 봄이가 머릿속에 떠오릅니다. 긴 털에 흰색과 갈색, 그리고 검은색이 뒤섞인 삼색 고양이 봄이가. 소리 내어 이름을 부르면 어디선가 봄이가 금세 나타나 줄 것 같아요.

3
난 가던 길을 멈춥니다. 그리곤 잠시 숨을 내쉽니다. 천천히 담 쪽으로 다가가 고개를 듭니다. 까치발을 할 것도 없이 집안이 다 보입니다. 현관 앞에는 신발이 놓여 있고, 옷가지며 가방이며 우산 등 집안의 살림살이가 눈에 들어와요.

얼마나 거기에 머물렀던 걸까요, 난 집 앞에서 꼼짝할 수 없었습니다. 몸이 얼어붙은 듯 움직일 수 없었어요. 그저 멍하니 대문을 바라보기만 했습니다. 금방이라도 할머니가 문 열고 나올 것 같았어요. 흰 머리에 쇠꼬챙이 같은 앙상한 몸을 하시고서…….
 문득 이 세상이 꿈속 같다는 생각이 듭니다. 낮에 꾸는 백일몽의 세계, 진짜 세계가 아닌 가상의 세계. 정말 그런 세계에 내가 놓여 있다는 생각이 듭니다.

4

 난 오늘 같은 날을 얼마나 기다렸는지 모릅니다. 꿈속 세계를 이야기하고 싶어 노트북을 구입하고, 방안의 커튼을 오래 쳐두었습니다. 이제는 때가 되었다고 생각해요. 더 이상 난 어린아이가 아니고, 세상은 변하지 않았으니까요. 이렇게 말하면 누군가는 얘기하겠지요. 패러다임이 수시로 바뀌는 시대에 변하지 않았다니.
 겉으로 볼 때 세상은 변했습니다. 하루가 다르게 변하고, 항상 새로운 발명품들이 기계에서 찍어내듯 줄줄이 나옵니다. 아닌 게 아니라 눈만 뜨면 세상은 변해 있어요. 오래된 것들은 잊혀지고 새로운 것, 빠른 것, 색다른 것들로 가득 채워지고 있습니다. 그러나 본질적인 것은 변하지 않았어요. 세상의 구조나 방식 같은 것은 그대로입니다.
 난 벤치에 앉아 노트북에 글을 쓰기 시작합니다. 낙엽 하나가 노트북 위로 눈송이처럼 내려앉아요. 그리고 어디선가 바람이 불어와 이마를 스치고 지나갑니다. 난 더욱 정신이 몽롱해지며 꿈속 세계로 빠져듭니다.

똥수저 동네

1

"야, 이 썅년아! 뭐라고?"
"미친놈아, 돈 내놓으라고!"
"돈 줬잖아, 이 개년아!"
"그게 돈이냐, 이 개놈아!"
"씨팔 개 같은 년, 지랄하고 자빠졌네!"
"돈도 못 버는, 병신 똘아이 같은 놈!"
"이런 씨팔년을 봤나!"
"그래, 어디 해보자, 이 씹 개자식아!"
 난 잠에서 깨고 만다. 방안은 어둡고 깜깜하다. 고요한 가운데 신경을 긁는 날카로운 소리만 파고든다. 그것은 뒷집, 김일수네 집에서 나는 소리다. 김일수네 부모는 매일 같이 싸운다. 싸움은 짧게 끝날 때가 있고, 어느 때는 새벽까지 길게 이어진다. 그것은 김일수 아버지한테 달렸다. 김일수 아버지가 술을 적게 드시면 싸우는 시간이 짧고, 술을 많이 드시면 그 반대가 된다.

난 이제 소리에 무신경해졌다. 큰 소리가 나도 아무렇지 않고, 그것에 잘 반응하지 않는다. 싸움이 크던 작던 혹은 길던 짧던지, 싸우면 그냥 싸우는가 보다 한다. 원인은 대개 돈 때문이다. 김일수 아버지가 술을 마시는 것도 따지고 보면 돈 벌기 힘들고, 그리고 돈이 없어 사람들한테 무시를 당하기 때문이다. 김일수 어머니도 상황은 마찬가지다. 돈 쓸 곳은 많은데 남자가 돈을 못 벌고 그 쥐꼬리만한 돈마저도 술값으로 날리고, 가진 게 없어 동네를 못 뜨기 때문이다.

싸움은 김일수네만 하지 않는다. 밤에 골목을 걷다 보면, 이 집 저 집에서 소리가 난다. 동네가 떠나갈 듯 고함소리가 나는가 하면 여자 남자 할 것 없이 모두 고래고래 악쓰고, 어디선가 밤하늘을 찢는 비명소리가 단말마의 그것처럼 들려온다. 한번은 이런 일도 있었다. 그날 밤에 혼자 골목을 걸었다. 할머니가 돌아올 시간이어서 집 밖으로 나온 것이다. 가로등이 오래되고 드문드문 있어 골목은 어두웠다. 고양이들이 제 세상인 양 눈을 빛내며 이 골목 저 골목 어슬렁어슬렁 오가고 있었다. 그때도 싸움 소리가 들려왔다. 악에 받친 소리와 욕을 내뱉는 소리, 뭔가 부서지는 소리가 골목에 울려 퍼졌다. 곧 비명소리가 들릴 것 같고, 누군가 골목으로 뛰쳐나올 것도 같다. 골목을 반쯤 빠져나왔을 때다. 발 앞에 뭔가 떨어져 산산조각이 났다. 그것은 화분이었다. 집에서 누가 화분을 내던진 것으로, 다행히 몸에 파편이 튀기는 걸로 그쳤다.

2

사람들은 우리 동네를 흔히 달동네라 부른다. 달동네의 시작은 육이오 때 남으로 피난 갔던 사람들이 산비탈에 터를 잡은 뒤부터며, 본격적으로 생겨난 것은 1960년대 이후 농촌에서 도시로 인구가 유입될 때, 도시에서 못사는 사람들을 도시 끝으로 밀어냄으로써 달동네가 만들어졌다. 그러나 우리 동네가 생긴 시기는 알 수 없다. 언젠가 할머니한테 이에 대해 물은 적이 있는데, 할머니도 모르겠다며 고개를 저으셨다. 할머니 말에 의하면, 오래전부터 산 위에 작은 동네가 있었다고 한다. 그때는 수도가 없어 우물에서 물을 긷고, 전기가 들어오지 않아 호롱불을 켰다. 그 당시 집들은 모두 판잣집이었다. 몇 평 안 되는 땅에 판자와 각목으로 얼기설기 엮은 것으로, 지붕은 빗물이 스며들지 않게 섬유제품에 아스팔트 가공을 한 물막이 천인 루핑을 사용했고, 이후 블록을 자재로 사용한 주택으로 변화했으며 도시재개발사업으로 지붕을 기와와 슬레이트로, 벽과 담은 시멘트로 개량했다.

　순전히 이름으로만 보면 달동네는 얼핏 여유와 낭만이 느껴진다. 대도시에 지친 사람들에게 옛날 추억을 떠올리게 하는 낭만적 대상이 된다. 정이 많은 아주머니와 아저씨의 이미지가 떠올라 예기치 않게 가난이 낭만으로 둔갑된다. TV 광고에서는 달동네를 시골처럼 평화로운 곳으로 묘사하고, 언론에서는 가난한 사람들이 가족 단위로 모여 사는, 아직은 이웃의 정이 남아 있는 서민 주거지로 소개된다.

우리 동네는 산꼭대기에 있다. 62미터의 야트막한 산 위에. 서울의 달동네는 세 종류가 있다. 처음 만들어질 때부터 지금까지 빈민가인 달동네와 슬럼화로 인해 달동네로 변한 달동네, 그리고 정책적으로 이루어진 달동네. 우리 동네는 정책적으로 이루어진 달동네로, 집이 규격화되고 토지 구획도 잘 나누어져 있다. 우리 동네를 보면 시간이 멈춘 듯한 느낌이 든다. 아주 옛날 호랑이 담배 피우던 시절 7, 80년대에서 시간이 딱 멈추고 만 것만 같은.

동네 주민들은 모두가 같다. 누가 꼭 그런 사람들만 골라 놓은 것처럼 똑같은 사람들이 모여 산다. 우리 집 주변만 보더라도 그렇다. A집은 자활 근로를 하는 70대 노모와 화상 장애를 입은 40대 아들이 살며, B집은 암 수술 뒤로 식당 일을 못하는 40대 어머니가 혼자 딸을 키우며 산다. C집은 60대 아버지가 알코올 중독자고 30대 아들은 건달, 20대 딸은 식품 공장에서 일한다. D집은 당뇨병을 앓고 있는 80대 할머니가 혼자 산다. E집은 50대 어머니와 30대 딸이 사는데 삼천만 원의 사채빚이 있다. F집은 70대 노모가 가내 부업을 하고, 40대 아들과 30대 딸은 무직이다. G집은 30대 부부가 초등학생 자녀 둘을 키우며 사는데, 건설 일

용직인 남편은 카드 돌려막기를 하다 신용불량자가 되었다. H집은 60대 노모와 30대 딸이 산다. 둘 다 무직이며 수천만 원의 빚을 지고 있다.

주민들이 사는 집은 손바닥만 하다. TV와 냉장고, 가재도구가 든 수납장을 두면 몸을 뉘일 공간밖에 없다. 주민들의 얼굴은 어둡다. 동네를 떠나도 그들은 이곳을 전전하기 마련이다. 동네를 완전 벗어나는 것은 현실적으로 어렵기 때문이다.

3

아주 어린 시절, 달동네에 대한 기억은 마냥 푸르다. 그것은 풀잎에 맺힌 이슬처럼 영롱하고, 보석처럼 빛나며 봄날의 아지랑이처럼 눈부시다. 그날도 난 숲으로 향했다. 숲은 마을 옆에 자리 잡고 있었다. 정자나무와 밭뙈기 하나 지나면 숲이 나왔다. 숲은 마을보다 더 컸다. 커다란 호수처럼 드넓게, 원을 그리듯 둥글게 퍼져 있었다. 숲은 한 폭의 그림과도 같았다. 푸르게 푸르게 색이 칠해진 것 같고, 눈앞에서 보고 있으면서도 왠지 실재처럼 여겨지지 않았다. 숲이라면 난 모든 걸 알고 있었다. 어디로 가면 꽃이 많고, 어느 쪽으로 가면 새들의 소리를 잘 들을 수 있는지, 또 어디로 가면 고라니와 청설모를 맞닥트릴 수 있는지를. 봄이면 솔 내음과 함께 꽃향기를 맡을 수 있고, 여름이면 시원한 바람을 느낄 수 있으며 가을이면 알록달록한 단풍을, 겨울이면 새하얀 눈꽃들을 볼 수 있었다.

숲에 발을 내딛자 곧 햇빛이 차단되면서 미지의 세계로 빠져든다. 투명하게 맑은 공기가 느껴지고 어디선가 상큼한 향기가 코끝을 스치고, 시원한 바람이 온몸을 감쌌다가 이내 파도처럼 멀어진다. 몇 발짝 걷자 새소리가 들리기 시작한다. 고요한 숲속에 새소리는 절간에서 나는 소리처럼 또렷하다. 새소리는 가까이에서 들리고, 숲 저편에서 맑게 들리기도 한다. 그것은 어느 순간 노래로 바뀐다. 이 나무 저 나무에서 새들의 합창이 이어진다.

숲에는 오솔길이 나 있었다. 사람 하나 다닐 수 있는 작은 길로, 오솔길에는 풀이 나 있고 지난해 떨어진 낙엽도, 열매 같은 새까만 동물의 배설물도 있었다. 오솔길에는 쓰러진 나무가 있었다. 바싹 말라 겉으로 보아서는 무슨 나무인지 알 수 없다. 잎이 다 떨어지고 껍질도 군데군데 벗겨져 있다.

"우리 시합하자."

일수가 뒤를 돌아보며 말했다.

"뭔 시합?"

혜미가 눈을 동그랗게 뜨며 물었다.

"나무 위에서 걸어가기."

"좋아, 해보자."

일수가 먼저 쓰러진 나무 위에 올라섰다. 일수는 손도 안 올리고 나무 위를 걷는다. 속도는 느리나 다리를 가볍게 들어 사뿐사

뿐 걷는다. 평지와 다른데도 일수는 흔들림이 별로 없다. 상체를 앞으로 조금 숙였지만, 균형을 잘 유지하며 안정감 있게 걷는다. 일수는 나무 중간까지 무사히 오고, 중간 넘어서도 일정한 속도로 걷는다. 마지막에 떨어지기를 바랐지만, 나무 끝까지 가서 폴짝 밑으로 뛰어내렸다.

다음은 혜미 차례다. 혜미는 나무에 오르자마자 손부터 올린다. 마치 새의 날개처럼 양손을 수평이 되게 쭉 편다. 그런 다음 나무 위에 한 발 한 발 내딛는다. 마치 돌다리를 건너듯 천천히, 앞 못 보는 사람처럼 조심스럽게. 그래서일까, 나무 위를 걷는 혜미 모습은 우스꽝스럽다. 마치 깡통 로봇이 걷는 것 같고, 마네킹이 나무 위를 걷는 것도 같다. 처음부터 불안한 모습을 보이던 혜미는 얼마 못 가 몸이 뒤뚱뒤뚱하더니, 악 소리와 함께 추락하듯 밑으로 떨어졌다.

마지막으로 내가 나무 위에 올랐다. 막상 나무 위에 서니, 생각보다 균형 잡기가 어렵다. 난 조심조심 발을 내딛었다. 나무는 통이 꽤 굵다. 내 몸뚱이보다 더 굵은 것 같다. 갑자기 나무가 무엇 때문에 쓰러졌는지 궁금하다. 삶을 다해 쓰러진 건지 아니면 거센 비바람에 못 이겨 넘어진 건지. 나무에는 굵은 나뭇가지가 달려 있다. 비록 마르고 부러져 있지만 돌덩이처럼 딱딱하다. 나뭇가지만 없어도 걷기가 좋은데 앞을 막아선다. 나뭇가지가 있는 데는 발을 높이 든다. 중간에 있는 기다란 나뭇가지도 무사히 넘었다. 목적지를 코앞에 남겨 뒀을 때 갑자기 나무껍질이 벗겨지면서, 몸이 한쪽으로 쏠려 그만 중심을 잃고 말았다.

우리가 도착한 곳은 숲속의 오두막이었다. 오두막은 나무로 만들어져 세모 모양인데, 그것은 언젠가 TV에서 본 외국의 오두막집과 흡사했다. 오두막은 앞에 나무문이 있고, 옆에 창이 나 있으며 지붕은 양철로 돼 굴뚝이 삐죽 나와 있었다. 벽은 나무와 나무 사이의 틈을 진흙으로 메꾸었는데 칼을 댄 듯 쭉쭉 갈라지고, 여기저기 거미줄이 잔뜩 쳐져 있었다.
문 왼쪽에는 부엌이 있었다. 거기에는 작은 솥이 걸려 있고 솥 옆에는 장작더미가 쌓여 있었다. 안으로 들어가면 거실 겸 방이 있는데, 그곳에 작은 테이블이 하나 놓여 있었다. 집안에 살림살이는 없지만, 오두막은 우리 집보다 크고 여러모로 더 좋아 보인다. 방안은 지저분하다. 주인이 미처 못 가져간 빨래집게와 옷걸이 같은 게 휴지와 함께 구르고, 우리가 가지고 놀았던 여러 도구들이 아무렇게나 널려 있다. 우리가 오두막에서 하는 놀이는 소꿉놀이. 하지만 그것은 언제나 같다. 일수가 아빠 역할을 하고, 혜미는 엄마 역할, 난 아기 역할이다. 난 아빠 역할을 한번 해보고 싶다. 그래서 일수한테 말한 적이 있었다.
"니가 아빠 역할을?"
일수는 안 좋은 얼굴로 날 쳐다보았다.

"바꿔 해보자."

"그럼 내가 아기 해야 되는 거잖아, 안돼!"

"한 번만 해보자."

"한 번이고 두 번이고 안돼!"

"야, 바꿔 해!"

보다 못해 혜미가 끼어든다.

"난 아기가 싫어."

"왜?"

"아기는 말 못하잖아. 울거나 헤헤 웃기만 할 뿐. 난 아빠가 좋아. 다른 건 싫어."

"저런 욕심쟁이 같으니라고!"

우리는 다시 밖으로 나왔다. 오두막을 나서는 순간 숲은 이제 시장으로 변한다. 숲에는 식자재가 널려 있다. 온갖 풀과 꽃이 차고 넘친다. 난 쥐손이풀을 한주먹 뜯는다. 애기똥풀도 뜯고 산박하와 족두리풀, 하늘말나리, 미치광이풀도 뜯는다. 꽃도 딴다. 복수초와 피나물꽃, 노루귀꽃, 금괭이눈, 꿩의바람꽃을 딴다. 그리고 나뭇잎도 딴다. 개머루잎과 화살나무잎, 다래나무잎, 박쥐나무잎, 딱총나무잎을 따서 봉지에 담는다.

"내가 맛있는 요리 해줄게."

혜미는 오두막에서 요리를 시작한다. 먼저 부엌에 있는 큰 솥에 흙과 모래를 섞어 밥부터 앉힌다. 일수와 난 아궁이에 불을 땐다. 쌓아 놓은 곳에서 내가 장작을 가져오면, 일수는 그것을 아궁이에 밀어넣는다. 혜미는 편편한 돌맹이 위에 가져온 풀을 짓이겼다. 초록색 즙이 나와 돌맹이를 짙게 물들인다. 혜미는 싱싱한 풀로 나물도 만들고, 김치도 담그고, 장아찌도 만든다. 이번에는 꽃으로 요리를 한다. 꽃으로 샐러드를 만들고, 버무려 무침을 하고, 아삭아삭한 튀김도 만든다. 이어 꽃과자도 마술 부리듯 뚝딱 만들어 낸다. 그리고서 혜미는 색깔별로 꽃을 놓는다. 하얀색과 노란색과 보라색을 한 줄로 보기 좋게.

"여보, 밥 먹어요."

우리는 마침내 상에 둘러앉았다. 기와 조각에는 밥이 담겨 있고, 사금파리에는 반찬이 담겨 있다. 흙밥에 풀반찬이 가득한 진수성찬이다. 우리는 입으로 냠냠 하며 먹는 시늉을 한다. 배가 고파 난 허겁지겁 먹었다. 그러다가 흙을 먹고 말았다. 난 퉤퉤하고 뱉았다.

"밥이 덜 됐어!"

밥을 먹다 일수가 못마땅한 표정을 짓는다.

"덜 돼?"

"생쌀이 씹혀."

"무슨 소리야, 잘 됐는데…….."

혜미는 어이없어 한다.

"국두 짜!"

"안 짜!"
"짜!"
"안 짜대두!"
"반찬이 이게 뭐냐."
"왜?"
"풀만 있고 고긴 없잖아."
"고긴 니가 해먹어."
"난 고기가 좋단 말이야."
"우리 집은 가난해 그런 거 못 먹어."
"내가 돈 벌어다 줬잖아."
"그게 준 거냐? 손톱만큼 줘 놓고선……."
"너, 돈 다 어디다 썼어? 내 돈 내놔!"
일수는 혜미에게 손을 내민다.
"지랄하지 마!"
둘은 마침내 싸우기 시작한다.

4

초등학교에 들어가기 전까지만 해도 난 우리 집이 잘사는지 못사는지 몰랐다. 그때는 나이가 어리기도 했지만 우물 안 개구리에다 아둔하고, 거기에는 동네도 한몫해 사는 게 다 비슷했기 때문이다. 사실 전체적으로 사는 수준은 같아도, 서로가 어느 정도 차이는 존재했다. 집만 보더라도 누구네는 루핑으로 된 곳에서 살고 누구네는 슬레이트집에서, 누구네는 기와집에서 그리고 어느 집은 툇마루가 있는 양옥집에서 살았다. 집의 크기도 달라 어느 집은 화단과 마당이 있고, 어느 집은 방이 두세 개나 되고 어느 집은 이층에 다락방을 가지고 있었다. 그것은 직업에 따라서도 차이 났는데, 맞벌이 부부라든가 배관공이나 수리공 같은 기술자라면 그 집은 사는 형편이 좀 나았다.

우리 집은 작고 초라하다. 판자로 둘러 만든 집으로, 비가 새는 것을 막기 위해 지붕에 비닐과 천막을 씌우고, 바람에 날아 갈까봐 돌과 타이어를 얹어 놓았다. 밖에서 지붕과 문짝을 보면 집인지 창고인지 구분이 안 될 정도다. 연탄아궁이를 지나 문을 열면 곰팡이가 낀 눅눅한 방이 나온다. 두 평짜리 단칸방으로 벽은 합판 한 장에 벽지를 바른 게 전부고, 그것도 위아래 혹은 벽과 벽이 짝짝으로 도배돼 있다. 장판은 찢겨 시멘트가 드러나 투명 테이프가 붙어 있고, 천장은 내려앉아 빗물로 얼룩졌으며 두꺼비집은 튀어나와 전선이 뒤엉켜 있다.

집안은 물건들이 무질서하게 놓여 있다. 오래된 TV가 있고 서랍장과 고장 난 세탁기, 1단 목재 옷장, 코팅이 벗겨진 전기밥솥, 냉동실이 멈춘 구형 냉장고 등이 있다. 집안에 쥐도 있다. 정확히 말하면 천장에 쥐가 산다. 쥐는 밤이 되면 제 세상인 듯 활보하고 다니는데 조용하다 갑자기 우당탕탕 소리를 내고, 자신의 존재를 알리기라도 하듯 시끄럽게 찍찍대기도 한다. 난 쥐 소리가 들리면 불안했다. 쥐들이 광란의 질주를 하다가 아래로 떨어지면 어쩌나 해서.

집안에는 화장실도 없다. 집 밖에, 아니 마을에 화장실이 있다. 집이 워낙 비좁아 집 안에 둘 수 없는 까닭이다. 그러다 보니, 가는 도중 못 참고 바지에 소변을 눈 적도 있다. 여름의 화장실은 더 고역이다. 그때는 악취가 심하고 똥통에 사는 하얀 벌레가 들끓고, 숲에나 있을 법한 뱀이 나오기도 한다.

이런 일도 있었다. 공중화장실은 수세식이 아닌 푸세식인 재래식인데, 땅에 똥통을 깊이 묻고 그 위에 나무 발판 두 개를 놓았다. 발판은 나무를 반으로 잘라 평평한 부분을 바닥으로 해서 고정시켜 놓았다. 사람들이 많이 이용하다 보니 발판은 초를 칠한 듯 반들반들하고, 오줌이 늘 묻어 있다. 발판에 발을 얹자마자 난 그만 미끄러졌다. 어이없게도 똥구덩이 안쪽으로 떨어졌다. 똥구덩이 안에서 난 생쥐처럼 허우적댔다. 죽을힘을 다해 간신히 그곳을 빠져나왔다. 혼낼 것으로 생각했는데 할머니는 아무 말 하지 않았다. 온몸이 똥으로 뒤범벅이 된 나를 말없이 닦아줄 뿐이었다.

방문을 열자 집안에 고여 있던 한기가 얼굴을 뒤덮는다. 방바닥은 차디차다. 냉기가 두꺼운 양말 사이를 뚫고 머리끝까지 올라온 느낌이다.

"밖에 많이 춥지?"

난 고개를 끄덕였다.

"아이구, 손이 얼었네."

할머니는 추위에 오므라든 내 손을 꼭 쥐었다.

"시상에나, 얼마나 추웠을까!"

할머니는 내 몸을 어루만진다. 그러나 할머니 손은 내 손보다 더 차다. 마치 얼음덩어리가 피부에 와 닿는 느낌이다. 할머니는 혼자 계시면 방에 전기장판을 켜지 않는다. 차디찬 냉방에서 그냥 지낸다. 물론 완전 무장으로 내복을 비롯해 그 위에 옷을 다섯 겹 껴입고, 털목도리에 털모자에 두꺼운 덧신을 신는다.

할머니는 겨울 동안 누워 지냈다. 바깥출입은커녕 일어나는 것도 힘겨워했다. 그날은 영하로 기온이 뚝 떨어진 날이었다. 그런데도 할머니는 새벽에 수레를 끌었다. 먹고 살기 위해서는 어쩔 수 없는 일이었다. 하루라도 쉬면 생활 자체가 어려워지니까. 할머니는 마른 체형으로, 키가 작고 연세가 드셔서 허리가 굽으셨다. 뼈가 약해 살짝만 넘어져도 골절이 일어날 가능성이 높다. 추운 날씨에 길마저 얼어 이동에 불편을 주었다. 할머니는 종량제 봉투와 함께 집 앞에 버려진 종이와 박스를 놓치지 않았다. 박스를 주워 납작하게 펴며 허리 굽히기를 반복한다. 길은 미끄럽다. 할머니는 이날 옷을 두껍게 입었다. 신체를 감싼 두꺼운 옷은 할머니의 움직임을 둔하게 하고 움츠러들게 했다. 신발도 문제였다. 신발이 낡아 굽이 다 닳고 헤져 구멍이 날 정도다. 길에는 빙판이 생긴 곳도 많다. 도로뿐 아니라 계단이라든지 건물 입구도 실내와 온도 차로 생긴 습기가 얇게 얼어 있었다. 손에 헌책을 들고 하수구 맨홀 뚜껑에 발을 디뎠을 때다. 할머니는 중심을 잃고 뒤로 벌렁 넘어지셨다. 심한 통증을 느껴 일어나려 해도 일어날 수 없었다. 구급차에 실려 병원에 이송돼 컴퓨터 단층 촬영과 MRI 검사를 받았다. 골다공증이 동반되는 경우도 있어 골다공증 검사도 추가적으로 받았다. 할머니는 결국 요추 추간판 탈출증 진단을 받았다. 수술하고 6일 동안 입원했는데, 퇴원하고 나서도 척추보호용 복대를 해야 했다. 일은 그만두고 앉아 있는 것도 힘겨워했다. 할머니가 일을 못하자 생계유지가 어려워졌다. 병원비에 돈을 다 써 당장 쌀 살 돈도 없었다.

"추운 게 옷 더 껴입어."

할머니는 전기장판 코드를 콘센트에 꽂는다. 난 솜바지를 입고 두툼한 잠바도 위에 걸쳤다. 그리고 양말도 두 켤레 신었다. 방바닥에는 이불이 깔려져 있다. 이불만 깔려 있는 게 아니라 스티로폼이 깔려 있고, 담요도 여러 겹 깔려 있다. 전기장판을 틀면 열이 올라와 금방 따뜻해진다. 그러나 방안의 냉기는 쉽게 데워지지 않는다. 추위가 물러갔다고 하지만 이곳은 아직도 한 겨울이다. 지대가 높아 기온이 잘 안 떨어지고, 오래된 집이라 에너지

효율도 많이 떨어진다. 원래 단열이 안 됐지만, 건물이 낡아지면서 외풍이 심해졌다. 비닐로 창문을 막아도 바람이 들어오고, 벽 틈 혹은 나무판자 구멍으로 바람이 새어든다. 어느 때는 이곳이 집인지, 밖인지 구분하기 어렵다.

"어여 이리 와."

난 이불 속으로 발을 넣었다. 이불 속은 따뜻하다. 얼었던 발이 사르르 녹는 것 같다. 그러나 위는 춥다. 방안의 냉기가 옷깃을 파고든다. 연탄을 땔 때는 물을 데워 쓸 수 있었다. 그러나 전기장판을 쓰고 나서는 찬물로 세수하고, 머리도 찬물로 감아야 했다. 얼음장 같이 차디찼지만, 그래도 물을 쓸 수 있다는 것을 다행으로 여겼다. 지대가 높아 물이 끊겨 밥을 못할 때도 있으니까.

"할머니, 너무 추워!"

"이놈의 추위가 안 물러가네!"

할머니는 부탄가스에 주전자를 올려놓고 물을 데운다. 얼마 안 돼 주전자 물이 끓고, 주전자 주둥이에서 수증기가 피어오른다. 수증기는 방안을 차츰 점령해 간다. 벽 구석과 벽면, 현관문, 유리창, 허공으로 소리 없이 퍼져 나간다.

추위가 물러가고 봄이 왔을 때, 할머니는 마침내 자리에서 일어나셨다. 모든 게 제자리로 돌아와 이전의 평온을 되찾았다.

5

　난 유모차를 꺼냈다. 전에 할머니가 쓰시던 것으로, 비록 주워 온 거지만 값이 나가는 제품이다. 그것은 손잡이가 각각 따로 있어 중간에 몸이 들어갈 수 있는 틈이 있고, 간격을 최대한 좁혀 줘 디스크 있는 분들이 허리를 세우고 걸을 수 있도록 하는 의료기구 보행기이자 짐수레다. 높이를 조절할 수 있는 단계가 일 단계부터 사 단계까지 있어 원하는 높이로 조절해 편하게 운행할 수 있고, 3단계 브레이크 장치가 있어 잠시 쉴 때는 주차 핸들브레이크를, 보행 중에는 핸들과 핸들브레이크를, 함께 쥐면 급정거가 가능하다. 단순히 앉을 수 있는 공간만 있는 게 아니고 양팔 거치대와 등받이가 있고 바퀴마다 고정된 불빛 반사경과 반사 테이프가 있어 밤에도 안전하게 다닐 수 있다. 그러나 오랫동안 방치돼 먼지가 쌓여 있다.
　할머니는 고물 줍는 곳에 날 못 오게 했다. 내가 아직 어리다면서 더 크면 오라고 했다. 고물 줍기에 대해서도 할머니는 안 좋게 생각했다. 생계를 위해 어쩔 수 없이 하는 일로, 고물 줍기를 더럽고 하찮은 일로 여겼다. 그러나 난 생각이 좀 달랐다. 고물을 주우면 거리가 깨끗해져 좋은 일로 여겼다. 그것은 소중한 자원을 아끼고 환경을 보존하는 데 일익을 담당하기도 한다. 아무튼, 난 고물을 주워보고 싶었다. 할머니가 그럴수록 이상하게 더 하고 싶었다. 이런 생각도 든다. 고물을 주우면 돈도 벌고 거리도 깨끗해져, 이거야말로 누이 좋고 매부 좋고 꿩 먹고 알 먹는 게 아니겠느냐고.

난 골목 안으로 들어갔다. 골목은 아스팔트가 아닌 시멘트 길로, 그것도 이어지지 않고 군데군데 끊겨 있다. 골목은 삐뚤삐뚤하다. 어디가 끝인지 모르게 실타래처럼 꼬여 있고, 그것은 끊어질 듯 끊어지지 않고 길게 이어져 있다. 바닥은 금이 가고, 어느 곳은 땅속의 변화로 움푹 꺼져 있다. 골목에는 봄이 와 있다. 갈라진 시멘트 사이로 민들레가 삐죽 올라와 있다. 손가락 길이만큼 올라온 민들레는 햇살을 받으며 환하게 웃고 있다. 안으로 들어가니 냄새가 나기 시작한다. 그것은 담벼락에서 나는 소변 냄새고, 버려진 쓰레기 냄새며 부패돼 썩는 생선 냄새다.

골목에는 쓰레기가 많다. 휴지와 종이팩, 담배꽁초, 비닐봉지, 알루미늄 캔 등이 함부로 구르고 있다. 특히 쓰레기가 심한 곳은 전봇대로 '전세' '부업 모집' '좋은 인력' '당일 대출' '방충망 전문' '개인회생 파산신청' 등의 각종 전단지가 덕지덕지 부착돼 있고, 그 밑에는 쓰레기가 널려 있다. 전봇대 하나하나마다 쓰레기 집하장인 듯 쓰레기봉투가 가득하다. 그것뿐 아니라 온갖 잡스런 물건들이 방치돼 있다. 찌그러진 냄비가 있고 헌 옷, 헌 신발, 낡은 의자, 깨진 그릇, 부러진 상다리도 있다. 그래서 그곳에는 경고문이 붙어 있다.

―쓰레기 또 버리면 니 에미가 XX년이다

 골목 안으로 더 들어가자 종이 박스가 눈에 띈다. 박스는 라면 박스 보다 더 크지만 온전히 빈 박스는 아니다. 빈 박스긴 하되, 그 안에는 다른 게 들어 있다. 처음부터 있던 건지, 아니면 누가 넣은 건지 안에 찌그러진 맥주 캔이 있고 빈 생수병, 과자 봉지, 사탕 껍질, 휴지조각, 헌 목장갑, 곰팡이가 핀 옷가지, 그리고 검은 비닐봉지가 들어 있다. 음식물 쓰레기가 든 봉지로, 한쪽이 터져 내용물이 밖으로 나와 악취마저 풍긴다. 들었던 박스를 도로 내려놓았다.
 난 집들을 바라보았다. 집들은 좁은 골목을 사이에 두고 양편에 늘어서 있는데, 야트막한 지붕들이 어깨를 맞대며 다닥다닥 붙어 있다. 루핑집, 기와집, 양철집, 슬레이트집 등 다양한 집들이 있다. 기와집은 기와가 깨져 있고, 슬레이트집은 슬레이트가 금이 가 있다. 자재들이 지붕 위를 가득 덮은 천막집도 보인다. 집들은 하나 같이 허술하다. 낡은 판자와 문짝이 간신히 지탱해 비바람이라도 치면 맥없이 주저앉을 것 같다. 우중충한 벽에 손바닥만 한 창문이 달려 있고, 대문은 없거나 있더라도 녹이 슬어 있다. 열린 문으로 집안 내부가 보인다. 빨랫줄에 널린 옷가지가 보이고 상추가 심어진 스티로폼 화분, 누구 건지 보라색 신발도 보인다. 처마 밑에는 마늘이 걸려 있으며, 지붕 위에는 TV 안테

나가 세워져 있다.

　옆 골목도 지저분하긴 마찬가지다. 휴지와 담배꽁초, 과일 껍데기가 있고 누가 싼 건지 똥도 눈에 띈다. 그때 욕쟁이 할머니가 나타났다. 욕쟁이 할머니는 몸이 뚱뚱하다. 얼굴은 바가지만하고 눈은 욕심이 가득하며, 목은 자라목처럼 짧다. 그녀의 집은 좀 특이하다. 집 테두리에 여러 가지 것들을 덕지덕지 붙여 놓았다. 철판을 붙이고 함석이며 문짝, 합판, 깔판, 타일, 유로폼, 안전발판 등을 형식 없이 갖다 붙였다. 그래서 집이 너덜너덜해 보이고 금속 미늘 갑옷처럼 단단해 보이기도 했다. 욕쟁이 할머니도 유모차를 끌고 있다. 거동이 불편한 사람을 위한 장바구니형 유모차로, 그러나 부피가 크고 너무 무거워 보인다. 본인이 샀을 리는 없고 아마 길에 버려진 것을 주웠을 것이다. 욕쟁이 할머니는 외출할 때 유모차를 꼭 끌고 다닌다. 유모차가 없으면 아무 데도 못 간다. 장을 봐 온 건지, 안에 물건이 가득 든 장바구니가 있다. 욕쟁이 할머니가 다가옴에 따라 몸이 절로 움츠러든다. 길도 가운데로 못 가고 옆쪽으로 간다.

　얼마 전의 일이다. 집에 오다가 골목에서 고양이 한 마리를 보았다. 긴 털에 흰색과 갈색 그리고 검은색이 섞인 삼색 고양이로, 눈이 파랗고 꼬리 끝부분은 까맸다. 다른 길고양이들과 마찬가지로 녀석도 몸이 꼬질꼬질하다. 생후 6개월 정도 되어 보이며, 얼굴과 몸에서 어린 티가 남아 있다. 녀석은 제대로 걷지 못했다. 앞다리를 들고 다니고, 그것도 얼마 못 가 바닥에 주저앉는다. 그냥 지나치기에는 고양이 상태가 심각했다. 보기에도 왼쪽 다리가 부어 있고, 엉덩이에서 꼬리로 이어지는 곳에 살이 뜯겨 있다. 상처 주변에 털이 빠지고 색깔도 푸르뎅뎅하다. 걸음을 못 걷는 게 상처 때문인지, 골절 때문인지 알 수 없다. 다친 이유도 알지 못했다. 다른 고양이와 싸웠는지 아니면 차에 치인 건지. 난 녀석의 관절을 움직여 보았다. 크게 아파하지는 않는다. 다행히 집에 할머니가 주워 온 비상 약품함이 있었다. 난 상처 부위에 소독약을 발라 주었다. 아플 텐데도 녀석은 잘 참는다. 그런데 치료가 끝났음에도 돌아갈 생각을 안 한다. 아픈 것도 아픈 거지만 기운이 하나 없어 보인다. 숨겨둔 비상금을 가져와 난 구멍가게로 달려갔다.

"야 이놈아, 도둑괭이한테 왜 먹을 걸 줘!"

돌아보니 욕쟁이 할머니가 뒤에 서 있다. 욕쟁이 할머니는 눈을 부릅뜬 채 날 노려보았다.

"도둑괭이한테 그런 거 주지 마!"

"고양이가 굶주려서 준 거예요."

"굶주리든 말든 네가 왜 신경 써. 배지 불러 안 먹는 걸 왜 주구 지랄이야."

"고양이가 다쳤어요. 그래서 준 거예요."

"다치고 뭐구 주지 마! 그런 거 주면 괭이가 늘어난단 말이야.

안 그래도 많은데 괭이 소굴 만들 일 있어."

"애가 걷질 못해요."

"주지 마! 발정기 되면 괭이들이 얼마나 시끄럽게 구는 줄 알아. 새벽에 울어대 싸서 잠도 못 잔단 말이야."

"밥 안 주면 죽을 거 같았어요."

"그냥 죽게 내비둬! 있어 봤자 아무 쓸모도 없고 우리한테 해만 끼치는 놈들이라 죽어도 돼!"

"그래도 아픈데."

"이런 썩을 놈을 봤나! 저놈의 괭이들이 쓰레기봉투 뒤져서 골목이 얼마나 지저분한지 알아? 똥 싸서 병균 옮기면 네 놈이 책임질 거야, 엉?"

욕쟁이 할머니는 내 앞에 멈춘다. 난 욕쟁이 할머니한테 인사드렸다. 그러나 인사를 안 받고 내게 퉁명스럽게 묻는다.

"너, 왜 그걸 끌고 다녀?"

"박스 주우려고요."

"박스 주워 뭐 하게?"

"주워서 팔게요."

"주워 팔아? 너, 그지야?"

"네?"

"너, 그지냐구?"

"아닌데요."

"근데 왜 그런 걸 주워? 네 할망구 따라 너두 줍겠다는 거냐?"

"네, 할머니를 도와드리려고요."

"네 놈이 뭘 도와. 괜히 말썽 피우지 말고 집에 얼렁 가!"

"여기다 박스를 주울 거예요."

"개소리하구 자빠졌네! 야이 이 썩을놈아, 박스 줍는다고 버려진 박스 만지면 골목이 더 지저분해진단 말이야!"

"왜요?"

"뭐가 왜야, 박스 만지면 더러운 게 흘러나오니까 그렇지."

"나오지 않게 하면 되잖아요."

"이런 싸가지 없는 놈을 봤나! 어른이 말하면 그런 줄 알아야지, 어디다 또박또박 말대꾸야, 마빡에 피도 안 마른 놈이!"

욕쟁이 할머니는 눈을 부릅뜨고 소리쳤다.

"죄송해요."

"얼렁 저리 가, 이 그지 같은 놈아!"

난 골목을 계속 걸었다. 골목은 거미줄처럼 얽혀 있다. 길이 아닌 것 같은데 길이 나 있고, 사람 하나 겨우 지나갈 만한 곳을 비집고 들어가면 복잡한 미로가 이어진다. 골목은 거칠다. 울퉁불퉁해 유모차가 어떻게 될까 불안하다. 결합 부위인 볼트나 바퀴 등에 이상이 생길 수 있는 구조로 유모차를 밀 때는 천천히,

부드럽게 밀어야 한다. 경사진 길에서는 특히 조심해야 한다. 하지만 타이어가 좋아 잔떨림이나 충격을 흡수해 편안한 보행감을 주고, 무게 중심이 유모차에 실려 걷기도 편하다.

골목에는 회색 통이 세워져 있다. 연료로 사용하는 가정용 LPG 통이다. 곳곳에 연탄재도 있다. 연탄재는 깨져 있거나 오랫동안 버려져 부석부석하다. 그때 할아버지 한 분이 갑자기 날 막아 세웠다. 할아버지는 몸이 마르고 허리가 구부정하다. 헤진 점퍼에 밤색 모자를 쓰고, 언제 광을 냈는지 모를 낡은 구두를 신고 있다.

"왜 그러세요?"

난 할아버지를 쳐다보았다. 혹시 술을 드셨나 했지만, 얼굴이 붉지도 않고 술 냄새도 없다.

"돈 내!"

할아버지는 내게 손을 내민다.

"무슨 돈요?"

"통행료 내."

"통행료요?"

"여긴 내 땅이야. 여길 가려면 돈을 내야 돼."

"그런 게 어딨어요."

난 웃고 말았다. 할아버지가 내게 장난치는 것으로 알았다. 아니면 나이가 드셔서 정신이 좀 어떻게 된 분인가 했다.

"이 녀석이……. 내가 지금 네 놈하고 농담하는 줄 알아? 어서 돈 내!"

할아버지는 내게 인상을 쓰셨다.

"이 골목이 진짜 할아버지 땅이에요?"

"그럼."

"그래도 돈 내진 않잖아요?"

"난 돈 받아. 돈 내지 않으면 못 가!"

"얼만데요?"

"어른은 통행료가 오백 원인데 어린애는 백 원 받아."

"돈이 없어요."

"백 원도 없냐?"

"없어요."

"그럼 집에 가서 가져와!"

유모차를 끌고 도로로 나왔다. 도로는 차가 오고 갈 정도로 널찍하다. 게다가 시멘트가 아닌 반들반들한 아스팔트 길이다. 그곳은 도로를 사이에 두고 건물들이 쭉 이어져 있다. 모두 단층 가게 건물들로 구멍가게를 비롯해 철물점, 이발소, 문방구, 선술집, 떡방앗간, 짜장면집 등 가게들이 늘어서 있다. 집들과 마찬가지로 가게들은 외관이 모두 낡고 허름하다. 제대로 된 간판이 없는 가게도 있고, 무게를 이기지 못해 지붕 위에 간판을 얹은

가게도 있다. 난 유리문에 하얀 페인트로 '옛날 짜장'이라고 쓴 가게 안을 보았다. 작은 공간에 찬장과 싱크대, 테이블 두 개가 덜렁 놓여 있다. 테이블 간격도 비좁아 옆 테이블과 거리가 불편할 정도다. 바닥에는 휴지가 있고, 누군가 먹다 흘린 면도 떨어져 있다.

도로가에는 박스가 제법 눈에 띈다. 가게 앞에 빈 박스가 군데군데 놓여 있다. 누가 가져갈까 봐 난 얼른 박스를 주웠다. 박스는 큰 것도 있고, 작은 것도 있다. 그러나 큰 것이든 작은 것이든 모두 유모차에 실었다. 도로가를 부지런히 걷는데 일수 아버지가 저 앞에서 걸어오고 있다. 일수 아버지는 공사장에서 일하는 막노동꾼으로, 일하는 때보다 집에서 쉴 때가 더 많았다. 비 오는 날은 일을 못하고, 그게 아니더라도 일거리가 없어 여러 날 동안 혹은 어느 때는 한 달 가까이 놀았다. 일수 아버지는 몸을 제대로 가누지 못하고 비틀댄다. 난 고개를 밑으로 숙였다. 일수 아버지는 키가 작고 덩치도 작다. 그러나 눈매가 매섭다. 얼핏 보면 눈꼬리가 올라간 것 같은데, 자세히 보면 눈 안쪽이 내려가 검은자를 가리고 있다. 양쪽 눈 크기도 약간 다르고. 그는 평소에는 조용하나 술을 마시면 다른 사람으로 돌변한다. 어느 날 밤, 일수 아버지가 우리 집을 방문했다.

"개 좀 못 짖게 해!"

그는 할머니한테 다짜고짜 소리쳤다.

"뭔 소리래유?"

"씨발, 개소리 안 나게 하란 말이야."

그는 술 취하면 할머니한테 반말하고 욕까지 해 붙인다.

"우리 개 안 키워유."

어처구니없지만 할머니는 차분하게 응대한다.

"뭔 개 소리야. 개 소리 땜에 시끄러워 죽겠는데."

"그럼 있는지 확인해 봐요."

그 말이 떨어지기 무섭게 그는 집안으로 성큼 들어왔다. 그는 눈을 부릅뜨며 집안 여기저기 이 잡듯이 싹싹 뒤진다. 그러나 집에 개가 있을 리 없다.

"개 어디다 숨겼어?"

그는 직접 보았으면서도 엉뚱한 소리를 한다.

"시방 찾아보고도 그런 소릴 혀?"

할머니는 그제야 목소리를 높인다.

"씨발, 어디다 숨겼냐구? 좋은 말 할 때 개새끼 내놔!"

"없다니까 그러네!"

"안 내놓으면 다 때려 부술 거야!"

"정말 이 양반이……."

무슨 해코지를 할까 봐 할머니는 그를 살살 달랬다. 그에게 차를 대접하고, 집에 있는 술도 한 잔 따라 주었다.

그날은 할머니가 집에 안 계셨다. 나 혼자 있는데 일수 아버지가 문을 두드렸다. 난 잠시 망설였다. 할머니는 나 혼자 있을 때는 누구도 문을 열어주지 말라고 했다. 동네 사람이라도 별 사람이 다 있고, 이상한 사람이 많기 때문이다. 난 문을 따주었다. 뒷집 사람이라 차마 외면할 수 없다.

"네 할머니 있어?"

문을 여는 순간 비명을 질렀다. 그의 손에는 칼이 들려 있다. 칼끝이 날카로운 과도였다.

"안 계신대요."

난 몸을 벌벌 떨었다. 그의 입에서는 술 냄새가 난다.

"어디 갔어?"

"폐지 주우러 나가셨는데요."

"이 쓰레기 뭐야?"

일수 아버지는 문 옆에 쌓인 폐지와 박스를 가리킨다.

"할머니가 주워다 놓은 거예요."

낮에 주은 고물은 고물상에 모두 가져가지만, 밤에 주은 것은 집에 임시 보관해야 한다. 그리고 고물을 줍다 보면 어쩔 수 없이 집에 폐지가 쌓이게 마련이다.

"내가 냄새난다고 집에다 놓지 말라고 했지? 근데 왜 말 안 들어?"

그는 폐지 더미를 발로 걷어찼다. 폐지가 사방으로 흩어진다. 난 울먹이며 할머니가 오시면 치우겠다고 했다. 그러자 그는 내

목에 칼을 들이댄다.

"네 할망구한테 꼭 전해. 저거 안 치우면 네 집 초상날 줄 알라고!"

난 가슴이 뛰었다. 일수 아버지가 바로 앞에 와 있다. 난 아무 일 없기를 바랐다. 그러나 그는 갑자기 고개를 쑥 들었다.
"야 임마, 너 왜 날 모른 척 해?"
그는 무섭게 날 노려본다. 난 얼른 그에게 인사드렸다.
"이 자식이, 어디서 배운 버르장머리야!"
난 바짝 긴장했다.
"너, 내가 우습지?"
"아니에요."
"근데 왜 그냥 가?"
"못 봐서 그랬어요."
"못 봐? 이 새끼가 누굴 바보로 아나, 금방 마주쳤는데 날 못 봐? 너 봉사야?
"아, 아니에요."
"근데 왜 못 봐?"
"죄송합니다."
"어린놈의 새끼가 벌써부터 싸가지가 없네. 너 이 자식, 나한테 한번 혼나 볼래?"

그는 내 멱살을 휘어잡는다.

"아저씨, 잘못했어요!"

난 숨 막혀 헥헥거렸다.

"이 새끼, 다음에도 또 그래 봐라, 그땐 죽여버릴 테니까!"

난 혜미네 집 앞에 멈췄다. 혜미네 집에는 '옥황선녀'라는 간판이 붙어 있고, 그 옆에 오방기가 달려 있다. 열려진 문으로 신당 모습이 얼핏 보인다. 붉고 어두운 조명에 많은 초가 있고, 앞쪽에 제사상 같은 상차림도 차려져 있다. 울긋불긋한 탱화도 있고, 오른편으로 벽에 걸린 무복도 있다. 그리고 이상한 향냄새가 난다. 난 허리를 굽혀 박스를 집었다. 초를 담은 건지, 박스 안에서 초 냄새가 난다. 박스뿐만 아니라 빈 술병도 있어 그것도 주워 담는데, 혜미 엄마가 내게 다가왔다.

"너, 여기서 뭐해?"

눈앞의 상황이 이해되지 않는지 혜미 엄마는 눈을 동그랗게 떴다.

"여기 박스가 있어서……."

"너네 할머니가 폐지 주워오라 시키던?"

"아, 아니에요."

"그럼 왜 박스를 줍고 그래, 더럽게……."

"할머니 도와드리려고요."

"할머니가 시킨 게 아니고?"

"그런 건 아니에요."

"하긴 너희 할머니가 폐지 주우니까 너라도 일손을 보태면 좀 낫긴 하지. 이런 데서라도……. 힘들지 않니?"

"괜찮아요."

"차 조심하렴."

"네."

"근데 너 말이다!"

혜미 엄마 표정이 바뀌었다.

"너, 뒤에 뭐가 있는 거 알아?"

"뭐가요?"

"몰랐어?"

"네, 몰라요."

"너, 요즘 뭐 느끼는 거 없어?"

"어떤 거요?"

"몸이 좀 이상하다는 거. 뭐가 막 먹고 싶다든가 무서운 꿈을 꾼다든가…….'

"먹고 싶은 건 늘……. 무서운 꿈은 가끔 꿔요."

"네게 귀신이 따라 다녀!"

"네?"

난 귀신이라는 말에 놀랐다.

"너 상갓집 갔냐?"

"상갓집요? 그게 뭔데요?"

"사람이 죽어 장례 치르는 곳 말이야."

"그런데 안 갔어요."

"너, 이리 좀 와 봐."

혜미 엄마는 날 가까이 오게 했다.

"이년, 썩 꺼지지 못해!"

혜미 엄마는 눈을 부릅뜨더니 갑자기 내게 소리쳤다.

"붙을 데가 없어 어린애한테 붙냐! 안 떠나면 널 불태워 죽일 거야!"

혜미 엄마는 내 눈을 노려보았다.

"너 여기 잠깐 있어!"

혜미 엄마는 집안으로 들어가더니, 그릇에 소금을 담아 왔다. 혜미 엄마는 굵은 소금을 한 주먹 쥐어 그것을 내게 확 뿌렸다.

"너 생년월일이 어떻게 돼?"

"모르는데요."

"몰라? 그럼 할머니한테 물어봐. 부적을 써야지, 안 그러면 저 놈의 귀신 안 떨어져!"

그날 밤 난 가위에 눌렸다. 정신은 말짱하고 눈이 떠져 있는데, 몸이 움직여지지 않는다. 그때 방문이 스르르 열렸고, 난 소스라치게 놀랐다. 몸은 없고, 머리만 있는 귀신이 방에 들어온 것이다. 귀신은 잠시 허공에 떠있더니, 날아오듯 빠르게 다가온다. 그리고 내 귓가에 속삭인다.

"내가 누군지 아니?"

난 무서워 입을 벌렸다. 그러나 소리가 나지 않는다.

"난 지옥에서 온 악마야, 널 잡으러 온⋯⋯."

귀신은 내게 혀를 내민다. 뱀의 그것처럼 혀는 갈라져 있다. 기절해 깨어난 것은 동이 터오는 새벽녘이다. 난 머리가 어지러웠다. 어디서부터 꿈이고, 어디까지가 현실인지 알 수 없었다.

6

골목은 한적하고 조용하다. 지나는 사람도 없고, 사람들 소리도 없다. 집들이 낮아 골목에는 햇빛이 가득하다. 그것은 눅눅했던 곳을 뽀송뽀송하게 만들고, 그늘진 데를 환히 밝힌다. 골목에는 의자가 놓여 있다. 목재 식탁용 의자가 있고 철제 의자, 합판 의자, 플라스틱 의자가 있다. 그것들은 오래돼 색이 바래거나 녹이 슬고, 한쪽이 뜯겨 있다. 의자 옆에는 화분이 있다. 화분에는 상추와 대파, 쑥갓, 부추 등 다양한 식물이 심어져 있다.

동네에는 생각보다 고양이들이 많다. 그전에는 보이지 않았는데 여기저기 눈에 들어온다. 공터에도 있고 골목이나 화단, 담장 위, 지붕 위, 높은 언덕에도 있다. 공터에 가만히 앉아 병아리들처럼 햇볕을 쬐고, 좁은 골목에서는 영역 표시를 하거나 음식물 쓰레기봉투를 뒤진다. 난 골목을 걸으며 삼색 고양이를 찾는다. 난 녀석에 대해 아는 게 없다. 녀석의 엄마가 누구이고, 현재 몇 살이며, 어디에 사는지도. 난 그런 아이에게 이름을 지어주었다. 봄에 만났고, 작고 앙증맞은 봄과 같아 이름을 봄이라고. 봄이를 알기 전 난 고양이에 대해 관심이 없었다. 아니, 고양이를 좋아하지 않았다. 그것은 고양이에서 느끼는 감정 때문이다. 가늘게 뜬 눈꺼풀 사이로 보이는 검은 눈동자와 날카로운 발톱, 싸울 때 앙칼진 소리, 늦은 밤에 들리는 애기 울음소리는 왠지 섬뜩했다. 난 동네에서 고양이를 봐도 못 본 척하고, 어린 고양이가 있어도 눈길을 주지 않았다.

골목을 오며 가며 관찰한 결과 고양이들이 경계심이 많다는 걸 알았다. 고양이들은 사람을 보면 기겁하고 숨거나 도망치기에 바쁘다. 저희들끼리 정신없이 놀다가도 사람이 나타나면 얼른 달아난다. 고양이들은 야행성 동물로, 날이 어두워지면 하나둘씩 모습을 드러낸다. 그 애들은 골목에서 음식물 쓰레기봉투를 뒤지고, 높은 언덕에 무리 지어 있기도 한다. 고양이들은 그루밍이라는 걸 하며 몸에 묻은 이물질을 없앤다. 봄이도 오돌오돌한 돌기가 있는 혓바닥으로 자신의 털을 가꾼다. 털에 묻은 먼지나 부스러기 등을 깨끗하게 제거한다. 혀가 닿지 않는 곳에는 앞발에 침을 묻혀 그루밍을 한다. 고양이는 애교도 없고 무뚝뚝하다고 하지만, 봄이를 보면 꼭 그렇지만 않은 것 같다. 내가 나타나면 봄이는 꼬리를 흔들며 다가온다. 날 대하는 봄이의 방식은 늘 같다. 부슬부슬한 털뭉치로 내 다리를 휘어 감고, 꼬리도 다리에 밀착시킨다. 이어 다리에 얼굴을 비비며 한 바퀴 돈다. 서두르지 않고 천천히, 그리고 한없이 부드럽게. 봄이는 내 앞에서 보란 듯이 기지개를 켠다. 그러면서 자기를 만져 달라는 눈빛을 보내는데, 손을 뻗으면 뒤집기를 시작한다. 원래 작은 생명체인 고양이는 배를 함부로 보이지 않는다. 그러나 봄이는 발라당 누워버린다. 네 발을 들어 올리며 이리 뒹굴 저리 뒹굴다가 날 빤히 쳐다본다. 난 그때마다 봄이를 안아 주었다. 그러면 가벼운 몸뚱이와 손을 핥을 때 닿은 까칠한 혓바닥이 느껴지곤 했다.

알고 보니, 길고양이는 오래전부터 길에서 태어나 살아온 동물이었다. 물론 그 중에는 사람들에게 키워지다가 버림받기도 했지만, 대부분 길에서 나고 살아온 경우가 많다. 난 그 애들이 자유롭게 살아가는 걸로 알았다. 사람들과 같이 안 살아 간섭도 안 받고, 애완견과 달리 밖에서 생활해 마음껏 자유를 누리는 것으로. 그러나 길고양이들은 생존을 위해 투쟁하고 있었다. 사람들에게 음식을 구걸하고, 살기 위해 사냥을 해야 한다. 이틀 이상의 공복 상태는 간과 신장에 치명적인 결과를 안겨 줘 먹이를 찾아다녀야 하고, 먹이 부족으로 동료들과 영역 다툼을 벌여야 한다. 그들의 평균 수명은 4년이 채 되지 않는다. 새끼들의 경우 절반이 질병과 굶주림 등으로 생후 30일 전에 사망에 이른다. 고양이들은 허기보다 탈수로 죽는 경우가 많아, 평소 물통을 가방에 넣고 다녔다. 봄이를 만나면 난 소세지부터 건넨다. 그러면 봄이는 그걸 게걸스럽게 먹어치운다. 물도 정신없이 먹는다. 그런 다음 난 봄이와 놀아준다. 고양이 낚시대는 색색의 비닐 노끈을 묶은 것으로, 사지 않고 직접 만들었다. 할머니는 비닐 노끈 여러 가닥을 막대기 끝에 묶고, 다시 노끈을 갈기갈기 찢어 깃털이 되게 했다. 그것은 무슨 먼지떨이처럼 보였는데, 난 그걸 봄이에게 살랑살랑 흔들어준다. 그러면 봄이의 사냥 본능은 깨어난다. 장난감을 향해 툭툭 치며 붙잡는가 하면 물고 늘어지고, 꼬리를 붙잡고 핥기까지 한다. 종이 박스도 봄이에게 좋은 장난감이 된다. 종이 박스를 주면 그 안에서 그루밍하고, 박스를 물어뜯고 핥는다. 그러다가 지치면 박스 안에서 잠을 잔다.

골목에서 만난 것은 봄이가 아니라 일수와 혜미다. 일수는 골목 한가운데 서 있고, 혜미는 담벼락에 몸을 기대고 있었다. 그런데 그 아이들 곁에는 낯선 고양이가 있다. 큰 녹색 눈을 가진 작고 마른 고양이다. 고양이는 달아나려 하지만 목에 끈이 묶여 꼼짝 못한다.

"웬 고양이야?"

난 일수에게 물었다.

"내가 잡은 거야."

일수는 의기양양하게 말한다.

"뭘로?"

"먹이로 유인해서. 멍청한 놈이라 금방 잡혔어."

"근데 얼굴이 왜 저래?"

고양이 얼굴에는 뭔가 칠해져 있다. 입과 볼과 눈 주위가 빨갛게 발라져 있다.

"어때, 예쁘지?"

혜미가 날 보며 웃는다.

"얼굴에 뭘 바른 거야?"

"립스틱."

"립스틱이라고?"

"여자애라 내가 발라준 거야. 어때, 예쁘지 않아?"

혜미는 재미있다는 듯 킥킥댄다. 옆에 있는 일수도 같이 킥킥거린다.

"예쁜 게 아니라 이상해."

난 웃지 않고 말했다.

"고양이는 왜 잡은 거야?"

난 일수에게 다시 물었다.

"가지고 놀려고."

"고양이를?"

"고양이 가지고 놀면 재밌어."

"재밌다고?"

"보여줄까?"

순간 일수의 눈이 빛났다.

"그래, 어서 보여줘."

혜미가 재촉했다. 일수는 고양이 목줄을 꽉 잡았다. 그러더니 그것을 위로 들어 올렸다. 이어 줄과 함께 고양이도 따라 올라가고, 순식간에 고양이는 공중에 매달려 바둥바둥댔다.

"그러지 마!"

난 일수를 말렸다.

"저 녀석 표정 좀 봐!"

혜미는 배를 잡고 깔깔댄다. 심하게 바둥대자 일수는 고양이를 밑으로 내려준다. 그러나 그것도 잠시, 다시 목줄을 들어 올린다. 손으로 목줄을 잡은 채 고양이를 빙글빙글 돌렸다.

"와아! 저 녀석 놀이 기구 타네."

혜미가 웃으며 박수를 친다.

"야, 왜 그래!"

난 생각지도 못한 일이 벌어져 놀랐다. 그러나 일수는 아랑곳 않고 팽이처럼 계속 돌렸다.

"저 녀석 좋아 죽네."

혜미는 말릴 생각을 않고 오히려 부추긴다. 난 안 되겠다 싶어 일수의 팔을 잡았다.

"왜 그래, 임마!"

"그럼 고양이 죽는단 말이야."
"안 죽어, 색끼야!"
"죽는다니까."
"고양이 색끼 죽으면 죽는 거지, 뭐 어때서?"
"죽으면 안 되지!"
"지랄하네, 개색끼!"
그때 동네 어르신이 나타났고, 일수와 혜미는 고양이를 남겨둔 채 달아났다.

7
골목에 아이들이 있다. 어린 꼬마 아이들이다. 아이들은 모여 앉아 소꿉놀이를 하고 있다. 갈라진 시멘트 바닥에는 돌멩이와 갖가지 풀이 나 있고, 한쪽에 한 덩어리의 흙과 모래도 있다. 돌로 풀을 짓찧어대 바닥은 새파란 물이 들어 있다. 난 멍하니 바라보다가 그곳을 바람처럼 지나친다.
구멍가게 앞에는 평상이 놓여 있다. 길쭉한 원목 평상으로, 그것은 낡아 군데군데 삭아 있다. 그러나 보강재와 뼈대 구조가 원목이고, 다섯 개의 다리가 상판을 단단히 지지하고 있다. 평상에는 동네 할머니들이 모여 앉아 이야기꽃을 피웠다. 거기서 심심풀이 화투도 치고, 과자나 뻥튀기를 먹으며 지나가는 사람들을 구경했다. 그런데 그곳에는 아이들이 있다. 역시 꼬마 아이들로,

평상에서 포켓몬 딱지치기를 하고 있다. 아이들은 딱지를 맞춰 뒤집는 게임도 하고, 가위바위보를 해 딱지를 따먹기도 한다.

난 다시 발길을 돌린다. 작은 골목으로 들어간다. 다른 곳에 비해 쓰레기가 많은 곳이다. 그곳에는 혜미가 있다. 혜미는 골목에서 무언가를 줍고 있다. 난 안 보아도 혜미가 뭘 줍는지 안다. 혜미는 내가 있는 줄도 모르고 고개 숙여 바닥을 살핀다. 쓸만한 게 있으면 물속으로 돌진하는 물총새처럼 담배꽁초를 재빨리 낚아챈다.

"너, 잘 만났어."

혜미는 날 보자 반가워한다.

"너, 돈 좀 있지?"

"돈?"

"그래 돈. 돈 있으면 빌려줘."

"내 돈이나 갚고 말해!"

난 순간 얄미운 생각에 톡 쏘아붙였다. 혜미는 날 볼 때마다 돈을 요구했다. 평상시에는 한 푼도 없다가 이상하게 혜미를 보면 주머니에 돈이 있었다. 물론 그 돈은 아주 작다. 많아 봤자 천 원짜리 지폐 한 장이다. 난 처음에는 아무 생각 없이 주었다. 주머니를 다 털어 백 원도 주고 오백 원도 주고, 천 원도 주었다. 그러나 혜미는 받아가기만 할 뿐 갚을 생각을 안 한다.

"야, 그까짓 돈 얼마나 된다고 그래!"

"그래도 빌려 갔잖아."
"그래 알았어. 알았으니 줘 봐!"
"나, 돈 없어."
"있는 거 알아."
"없다니까."
"너, 뒤져서 나오면 어떡할 거야?"
"없다니까."
"있으면 너 죽는다!"
혜미는 내 주머니를 뒤진다. 앞주머니도 뒤지고, 뒷주머니도 뒤진다. 주머니에 돈이 없자, 내 가방을 뒤지기 시작한다. 아예 바닥에 내려놓고 책과 노트를 꺼내더니, 마침내 동전 하나를 손에 쥔다.
"이게 돈 아니고 뭐야?"
혜미는 의기양양한 얼굴로 내 앞에 동전을 들어 보인다.
"이런 거 말고 지폐 좀 갖고 다녀!"
혜미는 바닥에 침을 뱉곤 돌아섰다.

8

일수네 집 역시 허름한 주택이다. 마당은 좁고 담은 낮으며, 지붕은 천막과 비닐 등을 겹겹이 쌓아 올렸다. 일수네는 애완견 한 마리를 키우고 있다. 갈색 푸들인데, 몰골이 야위고 수척하다. 곱슬곱슬한 털을 갖고 있으나, 엉킨 데가 많고 얼굴 부분은 울퉁불퉁하게 잘려 있다. 일수네는 애완견을 묶어 놓고 키운다. 목에 목줄을 매서 대문 옆에 묶어 놓았는데 줄이 1미터도 채 되지 않는다.

"왜 집안에서 안 키우는 거야?"

난 일수한테 물었다. 애완견이 묶여 있어 안쓰럽다. 밥그릇에는 밥도 없고 벌레만 꼬여 있다.

"똥을 아무 데다 막 싸서."

"아직 어려서 그런 거 아냐?"

"이놈이 말썽을 너무 피워. 무슨 심본지 쓰레기통을 막 뒤집어 놓아. 그 안에 있는 쓰레기를 꺼내 전부 헤쳐 놓고."

"왜 그러지? 보기엔 순하게 생겼는데."

애완견은 체구도 작고 얌전해 보인다. 하지만 뭔가 불안하고 잔뜩 긴장한 모습이다. 주인한테 가까이 오지도 않고, 반기는 것도 없다.

"뭐가 순해, 순 말썽쟁인데!"

그러면서 일수는 애완견을 발로 걷어찬다. 마치 공을 차듯이. 배를 맞은 애완견은 이리저리 날뛰며 낑낑댄다. 난 그제야 애완견의 꼬리가 없음을 알았다. 원래 없는 건지, 꼬리가 없어서 애완견 같지가 않다. 난 일수에게 그 이유를 물었다.

"꼬리를 잘랐어."

"잘랐다고?"

"꼬리에 문제가 있어서. 안 그러면 몸이 썩어 들어갈까 봐."

"동물병원에서 자른 거야?"

"아니."

"그럼?"

"우리 아빠가 잘랐어."

"너네 아빠가?"

"우리 아빠 그런 거 잘해."

일수는 애완견을 다시 발로 찼다. 다리를 걷어찼고, 애완견은 소리 지르며 그 자리를 빙빙 돈다.

"난 이 자식을 보면 왜 때리고 싶은 맘이 드는지 모르겠어. 내가 키우고 싶어 사달라고 했는데도 말야."

"너, 애완견 좋아해?"

"좋아하지. 근데 우리 엄마 아빠 안 좋아해."

"그럼 밥은 누가 줘?"

"내가."

일수는 순간 애완견 목덜미를 잡더니, 그 상태에서 위로 들어 올린다. 그러자 애완견은 낑낑대며 공중에서 발버둥친다.

"야, 그러지 마!"

난 일수를 말렸다. 한참 후 멈추는가 싶더니, 다시 애완견 앞발을 들어 올린다. 뒷발은 바닥에 닿게 하고서. 애완견이 몸을 비틀지만 일수는 꼭 잡고 놓아 주지 않는다. 아니, 애완견이 괴로워하는 모습을 보며 입가에 야릇한 미소를 짓는다.

9

할머니는 내게 말했다. 세 살 때부터 내가 그림을 그렸다고. 처음 내가 그린 것은 사실 그림이 아니라 끄적거림이다. 원을 비롯 하나의 직선, 지그재그, 여러 겹의 선, 구불구불한 선 등으로 그게 뭔지도 모르고 그어 댔다. 연필을 잡은 촉감과 종이의 질감에만 집중해 그림 그린다는 것을 인식 못했다. 팔과 손의 움직임을 통제하며 그림 그리는 행위를 점차 이해했다. 팔의 움직임에 의해 선이 그어지는 연관성을 안 것으로, 손을 조절해 어디에 그릴지 신경 쓰고, 종이의 특정 부분에 반복적으로 낙서도 했다.

그 단계를 지나자 그림다운 그림을 그리기 시작했다. 그때 그림은 기억이 없지만, 그때의 일은 생각난다. 그날 방에서 잠을 자고 있는데, 뭔가 툭 떨어지는 소리가 났다. 밤이 아닌 환한 낮이었다. 그 소리에 깨어났고, 순간 쥐와 눈이 마주쳤다. 그때 쥐를 보고서도 크게 무서워하지는 않았다. 오히려 놀란 것은 쥐였다. 쥐는 방 한구석에 불안한 표정으로 눈을 이리저리 굴리고 있었다. 녀석은 몸이 홀쭉하고 털이 어두운 잿빛이며 꼬리는 검정고무줄처럼 가늘다. 그렇게 쥐와 일 분 정도 눈이 마주쳤던 것 같다. 녀석은 방바닥을 살금살금 기더니, 이윽고 나 살려라 하고 방문을 향해 내빼 달아났다. 난 쥐가 머리에서 떠나지 않았다. 밤이 되어도 생각났다. 몽당연필을 손에 쥐고 난 쥐를 그리기 시작했다.

그 뒤 그림 그리는 재미에 빠졌다. 종이라면 뭐든 상관없다. 할머니가 가져오는 책에도 그리고 전단지 뒷면이라든가 서류 봉투, 종이 박스, 쓰다 남은 공책 등 뭐가 됐든 그것은 스케치북이 되었다. 난 그림을 잘 그리려 하지 않았다. 즐겁게 뭔가 그려 보려 했다. 집에 있는 물건을 그렸다. 옛날 모델의 TV와 구멍 난 양말, 찌그러진 주전자, 귀퉁이가 깨진 밥상, 손잡이가 부러진 쓰레받기, 곰팡이가 슨 벽지 등.

난 그때 알았다. 연필이 최고 그림 도구라는 사실을. 연필 하나만 있으면 어디서나 그리기가 가능하다. 마음에 안 들면 지우고 다시 그릴 수 있으며 심의 굵기부터 강도, 촉감, 진하기 등 다양한 종류가 있고 그 특성에 따라 필기 감각이 달라진다. 지우개 질하면 선이 뚜렷이 남을 정도로 연필을 꾹꾹 눌러 그린다. 그러나 시간이 지남에 따라 적당한 힘으로 그린다. 물론 빠른 스케치를 위해 필압이 약한 경우도 있다. 그림 그릴 때 조금이라도 틀리면 난 싹 다 지운다. 그리는 것보다 지우개로 지워 고치는 게 더 많다.

아마 그 무렵부터일 것이다. 우리 동네 모습을 그리기 시작한 것은. 4B 연필로 집들을 그린다. 난 연필 선을 다양하게 사용한다. 지그재그 선뿐 아니라 형태를 그릴 때는 곡선을 사용한다. 선을 짧게 나눠가며 스케치를 한다. 동네 골목도 그린다. 골목에 있는 쓰레기를 그리고, 연탄재도 그린다. 스케치가 끝나면 어두운 부분부터 명암을 넣는다. 한 번에 안 하고 여러 번 차곡차곡 덧입힌다. 그런 다음 사물이 잘 보이게 어두운 부분의 음영을 진하게 표현하는데, 전체 모습이 드러나면 연필을 눕혀 두터운 부분으로 한 톤 깔아주고, 연필 선의 강약을 살려 집과 골목의 명암을 넣어준다.

마지막으로 그리는 것은 동네 사람들. 구멍가게에서 나오는 한 남자를 본다. 그의 손에 막걸리와 과자 봉지가 들려 있다. 그는 찌든 얼굴로 골목을 터벅터벅 걸어간다. 이어 술 취한 사람이 골목을 걷는다. 그는 소리 지르고 욕을 내뱉는다. 그리고 얼마 못 가 고개를 꺾어 담 밑에 토하기 시작한다.

10

숲은 전과 달라져 있다. 나뭇잎은 갈색으로 변하고, 바람이 지나가면 낙엽이 우수수 쏟아진다. 발을 내디딜 때마다 바스락바스락 소리가 나고, 숲속 어디선가 나무 쪼는 소리가 들려온다. 오두막에는 아무도 없다. 아이들은 모두 어디 갔나. 난 입술을 지그시 깨문다. 숲에서 놀았던 일들이 꿈처럼 여겨진다. 숲에서 얼마나 많은 놀이를 했던가. 숨바꼭질을 하고 솔방울 던져 소나무 맞추기도 하고 나뭇가지 주워 커다란 나무 만들기라든가 잎사귀와 나무토막을 이용해 새집 만들기, 칡넝쿨로 머리띠 만들기, 오동나무 잎으로 장미와 꽃다발 만들기, 작고 귀여운 토끼풀로 반지와 팔찌를 만들기도 했다. 누가 나무 위에 먼저 오르는지 시합도 하고, 나무로 가득한 숲에서 달리기도 하고, 색이 다른 꽃을 누가 많이 따는지도 시합했다.

난 바닥에 누웠다. 사방은 조용하다 못해 고요하다. 처음 눈에 들어온 것은 숲속 나무다. 나무들은 키가 커 하늘과 맞닿을 것 같다. 나무에는 나뭇가지가 가득하고, 그것은 잎이 떨어져 앙상하다. 나무들 사이로 하늘이 보인다. 하늘은 높다. 새가 되어 난다 해도 그곳에 도달하지 못할 것 같다. 하늘에는 구름이 떠 있다. 솜 같은 구름이 강물처럼 소리 없이 흐르고 있다. 그때다. 어디선가 피리 소리가 들려왔다. 난 무엇에 홀린 듯 자리에서 벌떡 일어섰다. 피리 소리는 동굴에서 나는 소리 같고, 바다 깊은 곳에서 나는 소리 같다. 숲 안으로 들어갈수록 피리 소리는 크고, 그것은 숲 전체로 물결처럼 퍼져 나갔다.

바위 위에 사람이 있었다. 누더기 옷을 걸친 노인이었다. 그는 하얀 백발에 수염 또한 희고 길어 마치 동화 속에 나오는 노인 같았다. 그는 바위 위에서 피리를 불고 있었다. 가까이에서 들으니 피리 소리는 애잔한 데가 있었다. 그것은 갈대가 흐느끼는 소리 같고, 어미 잃은 새끼의 울음소리 같기도 했다.

"넌 어디서 온 애냐?"

노인은 피리 불기를 멈추고 날 쳐다보았다. 노인의 눈빛은 맑고 깨끗하다.

"여기 산언덕 동네에 살아요. 할아버진 어디 사세요?"

"난 여기 산단다."

"여기 숲에요?"

노인은 그렇다고 대답한다.

"그럼 집이 어디 있어요?"

주위를 둘러보았으나 집이 보이지 않는다. 어디를 보아도 바위와 울창한 나무뿐이다.

"저기……."

노인이 가리킨 곳은 암벽이다. 바위 뒤쪽에 거대한 암벽이 병풍처럼 둘러쳐져 있는데, 거기에 작은 석굴이 있다. 암석이 균열돼 생긴 바위 틈새로, 입구는 삼각형 모양이고 내부 통로는 좁다. 석굴 안에는 아무것도 없다. 마른 낙엽만 바닥에 이불처럼 깔려 있다. 노인은 석굴에서 산 지 십 년이 넘었다고 한다. 하루도 살기 어려운데 놀랍다는 생각이 든다.

"이거 먹어 볼래?"

"그게 뭐예요?"

"산사나무 열매란다. 먹을 만할 게야."

노인은 나뭇잎에 담긴 열매를 내게 건넨다. 그것은 작은 석류 모양으로 둥글고 흰색 점이 나 있다. 먹어 보니, 달콤하면서도 새콤한 게 사과 맛이 난다.

"할아버진 왜 이런데 살아요? 집이 없어서 그래요?"

"너, 도라는 걸 들어봤니?"

"도요?"

"도 닦는다, 수행한다, 이런 말 들어봤느냐 말이다."

"아니요, 못 들어봤어요."

"난 산에서 도를 닦는단다."

"도가 뭔데요?"

"도라고 하는 건 말이야, 이 자연과 하나 되는 과정을 말하는 게야. 그것은 우주의 무한한 진리라고 할 수 있다. 다시 말해, 우주의 모든 게 길을 따라 움직이는 걸 도라고 하는 거지."

"도 닦으면 어떻게 돼요?"

"도를 얻게 되지."

"도를 얻으면요?"

"도인이 되지."

"도인요? 그럼 할아버진 도인이세요?"

노인은 아무 말 하지 않는다.

"도인이 되면 좋은가요?"

"좋다마다."

"뭐가요?"

"도인이 되면 깨달음을 얻는다. 그리고 감추어진 세상의 비밀도 알게 된단다."

"세상의 비밀을요?"

난 세상의 비밀이란 말에 정신이 번쩍 들었다.

"어떡하면 도인이 될 수 있나요?"

"도를 닦아야지."

"어떻게요?"

"너, 숲에 자주 오냐?"

"전엔 그랬는데……."

"그럼 숲에 자주 오거라!"

노인은 다시 피리를 불기 시작했다.

11

우리 집에 커다란 위기가 찾아온 것은 무더운 여름이었다. 고물을 줍는 데 있어 여름은 괴로운 계절이다. 그것은 겨울도 마찬가지지만, 그래도 겨울철은 돌아다니며 고물을 줍고 이 골목 저 골목 수레 끌고 다니면 몸에서 땀이 난다. 그러나 여름은 어쩌지 못한다. 땡볕에 그대로 노출이 되어 땀으로 목욕을 하고, 더위에 숨 막혀 바닥에 주저앉고 싶을 정도다.

그날도 할머니는 밖에 나가 고물을 주었다. 더위가 최고조로 달한 날로, 대부분 지역에 폭염 특보가 내려져 연일 전국이 찜통

더위 속이었다. 할머니는 곳곳을 돌며 폐지를 주웠다. 주차장 구석에서 흩어져 있는 빈 박스를 줍고, 골목에서 아무렇게 버려진 깡통과 빈 병을 주웠다. 골목과 상업 지구가 밀집한 상권은 햇빛을 막아줄 그늘도 없어, 땀이 줄줄 흐르고 옷은 이미 땀으로 흠씬 젖은 상태였다.

할머니는 가다 서기를 반복한다. 수레가 과적이지만, 고물이 눈에 띄면 줍는다. 바닥에 열기가 소용돌이치는데도 줍고 또 줍는다. 더위에 얼굴이 시든 과일처럼 쪼그라들더니, 급기야 할머니는 경련을 일으키며 구토를 하기 시작했다. 이어 눈이 돌아가고, 입술은 검어지며, 팔다리가 늘어졌다. 구급대에 의해 인근 병원으로 이송된 할머니는 링거 주사를 맞고 체온 냉각기기 치료를 받아 다행히 의식을 회복했다.

다음 날 할머니는 언제 무슨 일이 있었냐는 듯이 수레를 잡았다. 그런데 이번에는 통증이 발목을 잡았다. 뭔가 찌르는 듯한, 쥐어짜는 듯한 허리 통증이 일었다. 처음에 할머니는 빙판길에서 넘어져 다친 게 재발한 것으로 알았다. 허리를 굽히거나 앉으면 괜찮은데, 보행을 하면 통증이 되살아났다. 병원 검사 결과 척추관 협착증 진단을 받았다. 신경이 지나가는 통로인 척추관이 좁아진 것으로, 허리에 신경주사를 맞자 효과가 있었다. 할머니는 다시 수레를 끌었다. 그러나 통증이 또 발생했다. 허리에서부터 다리까지 통증이 오고, 다리 전체가 아프거나 저렸다. 다리 감각의 마비도 왔는데 결국 할머니는 자리에 눕고 말았다.

12

난 아침 일찍 손에 바가지 하나 들고 일수네 집을 찾았다.
"아줌마, 쌀 좀 꿔 주세요."
"뭐라고?"
일수 엄마는 무슨 자다가 봉창 두드리는 소리냐는 듯이 날 쳐다보았다.
"집에 쌀이 없어서요."
"쌀이 없어? 그럼 사면 되지."
"돈이 없어요."
"뭐, 돈이?"
"네"
"너네 할머니 아직도 아프셔?"
"네."
"못 움직여?"
"네, 그래요."
"너네 할머니 모아 놓은 돈 없대?"
난 작게 고개를 끄덕였다.
"지금까지 뭐했다냐, 돈도 안 모아 놓고……."
일수 엄마는 얼굴을 잔뜩 찌푸렸다. 난 일수 엄마가 준 쌀을 아껴 먹었다. 밥도 많이 하지 않고 조금만 했다. 그런데도 쌀은 오래 못 갔다. 난 이번에는 혜미네 집을 찾았다. 혜미 엄마한테 돈을 빌려달라고 했다.

"돈은 왜?"

"라면을 사려고요."

"근데?"

"집에 돈이 없어요."

"너희 할머니 아직도 일 못해?"

"네, 아프셔서……."

"쌀은?"

"쌀도 없어요."

"나 참……. 노인네가 돈 벌어 뭐한 거야, 대체……."

난 혜미 엄마에게 빌린 돈으로 라면을 사고, 남은 돈으로는 간장을 샀다. 집에 라면이 있으니, 불안하지 않았다. 두 달 내내 라면으로만 때웠다. 난 라면 끓일 때 하나만 넣었다. 라면 하나 가지고 할머니와 나눠 먹었다. 그런데도 라면은 바닥을 드러냈다. 난 내키지 않았지만, 욕쟁이 할머니 집을 방문했다.

"뭣이 어째?"

돈 얘기를 꺼내자 욕쟁이 할머니는 별 미친 녀석 다 보겠다는 듯이 날 쳐다보았다.

"갚을테니 빌려주세요, 할머니."

"누가? 네가?"
"우리 할머니가 갚을 거예요."
"쓰레기 줍는 니 할망구가 어느 천년에?"
"나으시면 다시 일하실 거예요."
"지랄 말고 돌아가!"
"할머니, 도와주세요!"
"이 미친 놈이 돌아가래두……."
욕쟁이 할머니는 대나무 비를 내게 집어던졌다.

13
 골목은 그리 어둡지 않다. 벽의 낙서도 보이고, 바닥에 떨어진 휴지도 희미하게 보인다. 어디선가 냄새가 난다. 밥 냄새가 나고 구수한 된장 냄새, 고소한 계란후라이 냄새, 맛있는 햄 냄새도 난다. 난 머리가 어질어질하다. 남은 기운마저도 빠져나갈 듯하다.
 좁은 골목에 서 있는 키 큰 전봇대. 뜯겨진 전단지가 나풀거리는 그곳에 쓰레기봉투와 함께 검은 비닐봉지가 있다. 난 고양이처럼 살금살금 다가갔다. 비닐봉지는 작고 축축하다. 무엇이 들었는지 배가 빵빵하다. 비닐봉지를 뒤지기 시작했다. 봉지 안에는 많은 것이 들어 있다. 누런 잎이 진 열무잎이 있고 김치 조각, 무 껍데기, 과일 껍데기, 콩나물 대가리도 들어 있다. 거기에 밥덩어리와 생선 조각도 있어 그걸 얼른 담자 뭔가 시선이 느껴진다. 그것은 바로 봄이였다. 봄이는 군침을 흘리며 뒤에서 날 빤히 보고 있다. 난 긴 한숨을 내쉬며 손에 든 봉지를 내려놓았다.

14

그날은 방에 불이 들어오지 않았다. 전등 스위치를 여러 번 껐다 켜도 마찬가지였다. 전에 단전 예고장이 날아왔는데, 아예 전기를 차단시킨 모양이다. 불이 안 들어오자 방안은 깜깜했다. 밤이 그렇게 어두운 줄 예전에는 몰랐다. 빛 하나 없는 지하에 갇혀 있는 느낌이다. 할머니는 초를 찾았다. 어두워 초가 보이지 않았다. 어렵게 찾아낸 할머니는 초에 불을 당겼고, 어둡던 방안은 이내 환해졌다. 난 새삼 불의 소중함을 알았다.

잠든 지 얼마나 됐을까, 뭔가 타는 냄새에 눈을 떴다. 이게 꿈인가 생시인가 했고, 얼른 할머니를 흔들어 깨웠다. 불은 순식간에 옷가지에 붙더니, 다시 천장으로 옮겨붙었다. 매운 연기에 숨을 쉴 수 없었다. 옷가지로 불을 껐으나 소용없다. 이대로 있다가는 죽을 것 같아 할머니를 데리고 밖으로 나왔다. 그 뒤의 일은 기억이 잘 나지 않는다. 그날은 정말 운이 좋았던 것 같다. 동네 주민 한 분이 불난 것을 보고 즉시 비상소화전으로 불을 껐고, 다른 주민들도 합세해 소화기로 신속하게 대응, 다행히 불이 옆집으로 번지지는 않았다. 물론 소방차가 출동했지만 이미 화재가 진압된 상태고, 대원들이 긴 소방 호스로 잔불만 제거했을 뿐이다.

  할머니는 잿더미로 변한 집을 보며 망연자실했다. 맥없이 그대로 주저앉아 땅바닥에 얼굴을 묻은 채 통곡했다. 난 이 모든 게 꿈인 것만 같았다.

흙수저 동네

1

세상은 참으로 신기하고 오묘하다. 모든 것을 잃어 한순간 나락으로 떨어졌는데 그것이 외려 축복이었다니! 밑바닥으로 떨어졌을 때 신은 날 위해, 아니 나와 할머니를 위해 신세계를 준비해 놓으신 거였다. 화마가 모든 걸 앗아가 차가운 길 위에 나앉게 되었을 때 우리의 딱한 처지가 한 언론에 소개됐다. 생긴 지 얼마 안 된 인터넷 언론에 기사화됐는데, 그걸 본 한 익명의 기부자가 큰 액수의 성금을 우리에게 보내준 것이다.

우리가 이사한 곳은 달동네 아래 위치한 한 주택가다. 그곳은 평지로 되어 있고, 그래서 도로망이 바둑판식으로 구성돼 있다. 주택가는 달동네보다 학교가 가깝고 교통의 접근성도 좋고, 집도 달동네보다 좋았다. 비록 낡은 건물이지만 2층으로 된 집이 많고, 붉은 벽돌의 외관에 옥상과 옥탑이 있고 벽의 반이 땅속에 묻힌 반지하방도 있다. 그리고 개인 주택을 비롯해 빌라와 원룸, 고

시원, 상가 주택, 다세대 주택, 다가구 주택 등 다양한 집들이 혼재돼 있다. 우리가 방을 얻은 집은 다가구 주택으로, 대문이 철로 되어 용 모양을 하고 벽은 여기저기 갈라져 모서리 같은 데가 떨어져 나갔다. 전체적으로 우중충하나 달동네에 비하면 그것은 대궐 같은 집이다. 다가구 주택은 한 집에 여러 가구가 사는데, 우리가 얻은 방은 계단을 타고 내려가야 하는 반지하방이다. 반지하는 마당에 있는 출입구를 통해 이동할 수 있고 계단은 좁고 먼지가 쌓여 있다. 계단을 내려오면 먼저 현관문이 나온다. 알루미늄으로 된 문으로, 문틀이 안 맞아 뻑뻑하고 모서리가 밑으로 내려앉아 잘 열리지도 않는다.

  방은 낮인데도 어둠침침하다. 불을 켜도 환하지가 않다. 현관 앞에 서면 주방과 화장실, 방이 한눈에 들어온다. 주방에는 ㄱ자 구조를 가진 싱크대가 있고, 그 앞에 네모진 식탁이 자리하고 있다. 싱크대는 색이 변해 있다. 습기에 곰팡이, 해묵은 기름때, 각종 찌든 때가 가득하다. 그러나 주방이 넓어 요리하기 좋고 식사하기도 좋다. 주방 왼쪽에는 다용도실이 있다. 그곳에 보일러 통이 있는데, 기름보일러가 아닌 도시가스 보일러다. 할머니는 도시가스 보일러는 사용하기 좋고 난방비가 적게 든다고 했다. 집 안에는 화장실도 있다. 수세식 변기가 아닌 걸터앉는 양변기로, 변기 옆에 세면대도 있다. 수도꼭지를 틀면 세면대에서 물이 콸콸 쏟아진다.

오래전부터 난 내 방을 꿈꾸었다. 나만의 공간에서 내 꿈을 키우고 싶었다. 난 취향과 스타일에 맞게, 동화 같은 판타지가 있는 공간으로 내 방을 꾸민다. 벽지는 띠 벽지가 좋을 것이다. 애니메이션 캐릭터가 들어간 띠 벽지에 나비와 잠자리 스티커를 붙인다. 나비와 잠자리가 나는 모습이 우아하다. 책상은 차분한 브라운 톤으로 한다. 넓은 상판과 사방이 뚫린 기둥목 구조로 다양한 활용이 가능한 책상이다. 책상 위에 시계를 놓는다. 멋진 구름 디자인의 탁상시계를. 선반은 많은 수납이 가능한 오픈형을 고른다. 꽃 모양의 상부 디자인과 문어 다리 디자인이 돋보이는 제품으로. 조명은 벽면에 부착한다. 별 모양의 조명으로, 그것은 어둠에 대한 두려움을 떨쳐주리라. 침대는 방에서 큰 부분을 차지하고 디자인에 따라 방의 분위기가 달라진다. 그래서 선택한 이층 침대, 집 모양으로 된 침대로 작은 성 같이 생겨 파란색 벽 안에 아치형 침대가 들어 있다. 여기서 잠을 자면 파란 꿈을 꿀 수 있다. 추가 구성 옵션에 사이드 책상과 서랍, 매트리스, 동굴 텐트가 있는데 매트리스는 너무 딱딱하거나 너무 푹신하지 않은 메모리폼 매트리스다. 통원목을 사용해 분위기가 아늑하고 울타리와 계단 부분은 라운딩 처리돼 부드럽다. 이층 침대는 전부 침대라기보다 일층은 놀이 공간으로, 이층은 침대로 분리해 사용한다. 그러나 이는 상상으로 끝났다. 주택가도 방이 하나이기 때문이다.

2

이사한 날 저녁, 할머니는 내게 심부름을 시켰다. 이웃에 사는 사람들에게 인사하기 위해 준비한 이사 떡 심부름이었다. 그것은 팥시루떡으로, 하나씩 포장돼 있고 한 팩에 알맞은 양의 떡이 들어 있다. 난 먼저 일층으로 향했다. 작은 마당을 지나 계단에 발을 내딛었다. 계단은 지저분하다. 흙이 있고, 담배꽁초가 떨어져 있다. 난 현관문 앞에 서서 문을 두드렸다. 잠시 후, 안에서 소리가 들리더니 현관문이 활짝 열렸다. 그리고 내 또래로 보이는 남자아이가 나왔다. 남자아이는 잔뜩 경계의 눈빛으로 날 위아래로 훑어본다. 나보다 키가 크고 등치도 좋은 아이다.

"떡을 가져왔어."

"웬 떡이야?"

남자아이는 퉁명스럽게 묻는다.

"우리가 이사를 왔거든."

"이사를 와?"

난 고개를 끄덕였다.

"어디로 왔는데?"

"밑에 반지하로."

"지하실 말하는 거야?"

"지하실이 아니고 반지하."

"지하실이나 반지하나!"

남자아이는 순간 얼굴을 찌푸렸다.
"집에 엄마 아빠 계셔?"
"아니."
"그럼 오시면 이 떡 드려."
그러자 남자아이는 나를 한번 쏘아보곤 떡을 톡 채갔다.

난 이층으로 향했다. 난간은 검은색 철재로 되어 있고, 바닥은 역시 지저분하다. 먼지가 쌓여 있고, 휴지 같은 게 굴러다닌다. 난 위로 올라와 알루미늄으로 된 현관문을 두드렸다. 반응이 없어 다시 두드렸다. 그래도 대답이 없어 돌아서려는데 안에서 누구냐며 소리쳤고, 이어 문이 열렸다. 입 주위에 털이 많은 아저씨다.
"아저씨, 떡 가져왔어요."
"떡을 왜?"
"우리가 이사 왔거든요."
"나, 떡 안 좋아해."
"그래도 드셔 보세요."
"안 먹어!"
"받으세요, 아저씨."
"이 새끼가 정말!"
아저씨는 날 노려보곤 문을 쾅 닫았다.

난 이번에는 옥상으로 갔다. 옥상은 평평해 바닥이 초록색으로 칠해 있고, 방금 청소한 것처럼 깨끗하다. 옥상에는 원형 테이블과 플라스틱 의자 4개가 놓여 있다. 빨랫줄도 설치돼 있는데, 줄에 널린 빨래가 이파리처럼 바람에 흔들린다. 옥탑방은 옥상 뒤에 있다. 계단 쪽을 돌아앉은 구조로, 얼핏 보면 무슨 창고 같다. 빨간 벽돌로 지은 작은 건물인데 현관 위에 차양이 쳐져 있고, 입구 옆에는 신발장이 놓여 있다. 문을 두드리니, 웬 여자아이가 나온다. 어린 여자아이는 눈이 초롱초롱하고, 머리는 양 갈래로 나비 헤어핀이 꽂혀 있다.

"너희 엄마 계시니?"

"없는데. 근데 오빤 누구야?"

"여기 이사 온 사람이야."

"이사 왔다고?"

"그래."

"여기 이사 올 집 없는데. 일층에도 살고 이층에도 사람 살아."

"밑에 반지하……."

"아, 반지하방!"

여자아이의 굳은 얼굴이 풀어졌다.

"반지하엔 방이 몇 개야?"

"한 개."

"한 개밖에 없어? 오빠는 가족이 몇인데?"

"둘."
"그럼 엄마하고 살아?"
"아니."
"그럼 아빠랑 살아?"
난 고개를 저었다.
"그럼 누구랑 살아?"
"할머니랑 살아."
"할머니? 할머니랑 둘이서?"
난 고개를 끄덕였다.
"엄마 아빠는 어디 있는데?"
"나도 몰라."
"모른다고?"
"응."
"왜?"
"그냥 몰라. 넌 엄마 아빠 다 계시지?"
"그럼."
"넌 좋겠다."
"근데 아빤 집에 잘 안 들어와."
"왜? 바쁘셔서?"
"몰라, 그건……."
여자아이는 갑자기 우울한 표정을 짓는다. 난 그래도 여자아이가 부럽다는 생각이 든다. 여자아이에게는 엄마가 있고, 어쨌든 아빠도 계시니까.

3

반지하에 사니, 생각 못했던 게 하나씩 드러나기 시작했다. 햇빛이 잘 안 들어 빨래가 잘 마르지 않고, 집에 벌레도 많다. 바퀴벌레를 비롯해 돈벌레, 곱등이, 노린재, 집게벌레, 에이리언처럼 생긴 좀벌레, 개미가 줄지어 들어온다. 물론 달동네 살 때도 집에 벌레가 많아 그것들은 내게 익숙하다. 한번은 잠을 자다 입에 뭔가 든 것 같아 무심결에 씹었는데, 보니까 바퀴벌레였다. 수도는 녹물이 나와 물을 한참 틀어 놓아야 하고, 화장실 환풍기는 아예 작동이 안 된다. 골목에서 아이들이 공을 차면 흙먼지가 들어오고, 환기를 위해 창문을 열면 사람들이 기웃거린다. 새벽에 크게 놀란 일도 있다. 어떤 남자가 창문을 열고 안으로 들어오려 해서, 소리를 지르자 후닥닥 달아났다.

그러나 정작 문제는 곰팡이였다. 비가 온 뒤 벽 모서리 아랫부분부터 곰팡이가 생기기 시작하더니, 그것은 점차 위쪽과 옆쪽으로 번지고, 모서리를 기준으로 나중에는 양쪽 옆 벽면과 천장이 까맣게 변했다. 천장 몰딩 부분도 곰팡이가 있었는데, 그곳을 따라 줄을 그은 것처럼 퍼지고 천장 쪽도 그 주위를 시작으로 중앙으로 번져 나오는 상황이었다. 보일러를 가동시켰지만, 곰팡이는 사라지지 않았다. 오히려 더 번성해 집안이 물먹은 빵처럼 눅눅해지고, 그에 따라 냄새도 심하게 났다. 물론 곰팡이도 달동네에서 경험한 일이긴 했다.

  반지하라 좋은 점도 있다. 반지하는 우선 조용하다. 골목에서 나는 소리 외에는 아무 소리가 나지 않는다. 밤이 되면 반지하는 더욱 고요해진다. 음악 소리라든지 TV 소리, 싸움 소리도 없다. 어쩌다 내리는 빗소리뿐. 빗소리에 잠에서 깨는 일이 있는데, 머리맡에 떨어지는 것처럼 또렷하다. 어찌나 또렷한지 비에 맞지 않을까 하는 생각마저 든다. 그러나 다시 눈이 스르르 감긴다. 빗소리는 규칙적으로 들리다가 일순간 흐름이 깨지며 어지럽게 들려온다. 또 일정한 양으로 내리다가 갑자기 거세지며 물을 퍼붓듯이 쏟아진다. 빗소리를 계속 들으면 머릿속이 몽롱하다. 빗소리는 마치 콩알이 튀기는 것 같고, 그것은 무질서하면서도 질서정연한 음악 소리 같다. 난 문득 내가 빗속 세계에 와 있음을 느낀다. 빗속 세계에는 아픔이 없고 미움도 없다. 그곳에는 싸움도 없고 차별도 없고 굶주림도 없다. 불현듯 엄마가 생각난다. 빗속 세계에는 엄마가 계실까. 빗속 세계에서 엄마를 찾기 시작한다.

  4
  난 생각이 많다. 온갖 것이 바람처럼 머리에 스치고, 밑도 끝도 없이 생각이 물안개처럼 떠오른다. 그것은 혼자 있게 되면 더

하다. 꼬리에 꼬리를 물며, 나중에는 이런 생각이 든다. 난 왜 여기에 있나. 왜 여기 낯선 곳에 있는가. 난 내가 풀잎처럼 작고 연약한 존재라고 느낀다. 그리고 내 곁에는 아무도 없다고 여긴다. 친구도 없고 할머니도 없고, 꿈과 사랑도 없다. 여기까지 이르면 자연스레 엄마 아빠를 떠올린다. 나에겐 왜 부모가 없나, 남들 다 있는 부모가. 대체 엄마 아빠는 어디 계신가. 난 가슴이 뜨거워지기 시작한다. 엄마 아빠는 왜 날 버렸나. 버리려면 왜, 무엇 때문에 낳은 건가. 난 눈시울이 붉어진다. 날 버린 엄마 아빠가 밉다. 너무나 밉다. 그러나 엄마 아빠가 보고 싶다.

그래서 그림을 그리는지도 모른다. 그림을 그리면 생각이 밑으로 가라앉는다. 세밀하게 그려야 해서 머릿속을 비울 수 있다. 난 사물의 특징을 잡아내는 스케치 능력이 부족하다. 나무를 그리면 모든 나무가 같은 모양이고, 꽃을 그리면 모든 꽃이 같은 모양이다. 그림을 배운 적이 없어 그릴 때 기초를 모르고, 인물을 그릴 때 비율 맞추는 것도 잘 모른다. 볼펜으로 드로잉을 한다. 연필로 그릴 때와 볼펜으로 그릴 때의 느낌이 다르다. 볼펜은 부드럽기도 하거니와 연필처럼 밑그림 없이 그릴 수 있다. 자유롭게 표현하는 것도 가능한데, 선의 굵기와 질감을 활용하면 더욱 다채로운 작품을 만들 수 있다.

사람을 그릴 때는 얼굴부터 그리지만, 이번에는 신체 부위를 그리고 나서 얼굴을 그리기 시작한다. 난 얼굴을 작게 그린다. 머리를 크게 잡아 줄이기도 한다. 눈매와 귀걸이, 머리카락, 이니셜이 새겨진 목걸이 등 세부 묘사에 신경을 쓴다. 종이 중앙에 코가 오도록 배치하고, 코의 넓이와 눈의 폭이 비슷하게 한다. 눈썹과 코 밑의 인중을 그리고, 입술 형태도 그려 준다. 헤어는 얼굴과 헤어의 경계선 부분만 그리고, 귀는 헤어에 가려진 상태라 생략한다. 마지막으로 부족한 부분을 보충하고 완성된 그림을 본다. 엄마 얼굴은 해처럼 눈부시다. 입체적이며 턱선이 부드럽고 갸름하다.

5

그날 난 할머니와 함께 집을 나섰다. 할머니가 앞에서 수레를 끌고, 난 뒤에 털레털레 따라갔다. 고물 줍기의 시작은 집 앞 골목부터다. 골목은 차가 오갈 정도로 널찍하다. 더구나 허연 콘크리트가 아닌 검은 아스팔트가 깔려 있다. 포장한 지 오래돼 금 가고 깨진 곳도 있으나 돌처럼 단단하다. 골목은 그래도 반듯하다. 활처럼 휘어진 부분도 있지만, 달동네 골목처럼 구불구불하거나 미로 같지는 않다. 골목에는 차가 많다. 골목을 따라 차가 양쪽에 주차돼 긴 줄을 이루고 있다. 골목은 지저분하다. 비닐봉지가 떨어져 있고, 휴지가 아무렇게나 굴러다닌다. 달동네보다 심하지 않을 뿐 크게 다르지 않다. 골목 안으로 들어가니, 고물이 보인다. 폐지가 있고 빈 병과 캔, 종이 박스 등이 눈에 띈다. 할머니는 내게 말한다. 폐지는 얼마이고, 빈 병은 얼마이며 캔은 얼마라고. 그러면서 이렇게 말씀하신다.

"세상에 쓰레기란 없는 겨."

"사람들은 쓰레기라고 버리지만 이게 다 고물이여."

할머니는 품목별로 1킬로그램당 고물 단가도 다르다고 한다. 가장 싼 단가는 폐지와 박스이고, 가장 비싼 단가는 구리와 동 파이프다. 사람들이 버리는 생활용품과 각종 사업장이나 건설 폐기물 가운데 재활용이 가능한 품목을 고물이라 한다면 그 종류는 실로 어마어마하다. 플라스틱만 해도 수백 가지 이상이다. 고물은 크게 고철과 비철로 나누는데 고철은 건설 및 공사 현장에서 자재로 사용하고 남은 빔, 철근, 파이프, 구조물 등이며 밀도가 높아 무게가 많이 나가고 자석에 백 프로 결합하는 특징이 있다. 그에 비해 비철은 자석에 안 붙고, 무게도 많이 안 나간다. 열전도율이 높고 가공성이 우수하며, 녹이 쉽게 슬지 않는 장점이 있다. 비철에는 납과 구리, 신주, 알루미늄, 스테인리스 등이 있다.

난 골목을 걸으며 주택가 집들을 바라보았다. 주택가 집들은 달동네 집들과 다르다. 달동네 집들이 우유갑만 하다면, 주택가 집들은 상자만하다. 집 모양도 얼마나 다양한지. 바둑판처럼 네모반듯한 집이 있는가 하면 원통형의 집, 둥글넓적한 집, 삼각피자 박스 같은 집이 있다. 물론 집들은 오래돼 보인다. 새집도 있지만 노후화된 집들이 많다.

"할머니, 이 동네는 집이 참 좋아."

"전에 살던 데랑 다르지?"

"많이 달라."

"못 살아도 이 정도는 돼야 사람이 산다고 할 수 있지."

할머니는 집 앞에 버려진 쓰레기 더미를 뒤적인다. 고물 줍는 일은 사람들이 버린 쓰레기 더미 속에서 고물을 골라내는 작업이다. 쓰레기 더미에는 많은 것들이 버려져 있다. 각종 고지서를 비롯해 약봉지, 우유팩, 영수증, 장난감 박스 등이 있다. 난 비위가 상해 만지는 것도 꺼려지는데 할머니는 아무렇지 않게 줍는다. 할머니 손에는 목장갑이 끼워져 있다. 코팅된 부분이 닳아 색이 바래고, 검지 부분은 해져 구멍이 나 있다. 고물을 다 골라낸 다음 주변을 깨끗이 정리한다.

전신주 있는 곳으로 자리를 옮긴다. 그곳에는 종이 박스가 있다. 한 개가 아니고 여러 개다. 수레에 담기 위해서는 얇게 만들어야 하는데, 박스는 테이프가 붙어 있어 그걸 제거해야 한다. 할머니 허리춤에는 칼이 달려 있다. 연필 깎는 칼로, 그것은 작고 검어 표도 안 난다. 할머니는 접착된 부분에 칼을 대고, 손에 힘을 줘 쭉 긋는다. 날이 무뎌 잘 나가지 않자, 바지 주머니에서 드라이버를 꺼낸다. 드라이버는 많이 사용해 표면이 반들반들하다. 할머니는 드라이버를 세워 박스를 이리저리 쑤시고, 옆으로도 쭉 긋는다. 그래도 이런 박스는 해체하기 수월하다. 박스 중에는 철심이 박힌 박스가 있다. 과일을 담은 박스가 그러한데 테이프 대신 철심으로 되어 있다. 철심이 박힌 박스는 분해하기 어렵다. 박힌 철심을 일일이 빼내야 하기 때문이다. 그것은 칼로 안 되고, 몸을 써야 한다. 한쪽 면을 발로 밟아야 철심 부분을 제거할 수 있다. 골목에는 차들이 드문드문 지나간다. 작은 차도 지나가고, 큰 차도 지나간다. 고물을 찾느라 뒤에 차가 오는 줄도 몰랐다. 건너편에 폐지가 있어 수레를 급히 돌리는데, 클랙슨이 크게 울렸다.

"씨팔, 뭐야!"

차 유리문이 열리더니, 낯선 사내가 험악한 표정을 짓는다.

"아이구, 미안해유."

"씨팔, 조심하란 말이야!"

"증말 죄송해유!"

이런 경우 할머니는 무조건 미안하다고 한다. 상대가 나이가 많든 적든, 남자든 여자든지, 더구나 지금 같은 경우 할머니의 잘못이 크다. 주위를 잘 살피며 수레를 끌어야 되는데 그러지를 못했다. 골목 안으로 더 들어가니 공원이 나온다. 크지도 작지도 않은 아담한 공원이다. 혹시 고물이 있을까 하고 그 안에 들어갔다. 휴일이라 공원에는 사람이 많다. 공원은 놀이터와 체육시설로 조성돼 있는데 놀이터에는 그네와 미끄럼틀이 있고, 체육시설은 여러 운동 기구가 설치돼 있다. 어른들은 체육시설에서 체력

단련하고, 아이들은 놀이터에서 놀고 있다. 그때 누군가 나를 불렀다. 돌아보니 현수다. 우리 집 1층에 사는 내 또래 남자애.

"너, 여기 뭐 하러 왔어?"

현수는 내가 마치 자기 구역에 침범이나 한 것처럼 시비조로 말한다. 난 할머니와 이곳에 고물을 주우러 왔다고 했다.

"너네 쓰레기 주워?"

현수는 대놓고 날 무시하고 무안을 준다.

"쓰레기가 아니고 재활용되는 고물이야."

"그게 그거지 뭐!"

현수는 눈을 똑바로 뜨고 날 쳐다본다. 그 애의 당당함과 거만함이 느껴진다.

"그런 거 주우면 얼마 받냐?"

"고물마다 가격이 달라."

"니 옷도 주은 거냐?"

현수는 실실 웃으며 날 바라본다. 현수가 날 조롱한다는 생각이 든다. 할머니와 난 계단에 앉았다. 햇빛이 건물 사이로 내려와 따뜻하다. 할머니는 가방에서 봉지를 꺼냈다. 봉지 안에 고구마가 들어 있는데, 통통한 고구마 한 개를 내게 건넨다. 고구마는 아직도 따뜻하다. 고구마 껍질을 벗기자 연한 노란 속살이 드러났다. 고구마를 한 입 베어 물었다. 고구마는 말랑말랑하면서도 단단하고 뻑뻑하다. 난 주머니에서 초콜릿을 꺼냈다. 하트 모양으로 된 초콜릿인데, 할머니한테 그것을 드렸다. 할머니는 초콜릿보다 빵을 좋아하고, 빵 중에서 팥앙금이 들어간 빵을 좋아한다.

"이거 얼마짜리여?"

할머니는 물건을 보면 꼭 값부터 물으신다. 심부름으로 밀가루나 간장을 사와도 가격을 묻는다. 할머니는 싼 것도 비싸다고 한다. 한 개를 덤으로 줘도 만족 못하신다.

"비싸지 않아."

"비싼 거 같은디……."

"내가 산 게 아니고 다른 애가 준 거야."

할머니는 그제야 황금빛 포장을 벗긴다. 할머니는 초콜릿을 맛보더니, 눈을 크게 뜨신다.

"이거 맛있구나!"

"괜찮지?"

초콜릿 속에는 고소한 헤이즐넛이 들어 있다.

"아주 달달하구 고소하네."

할머니는 원룸 앞에 수레를 멈췄다. 그곳에는 쓰레기봉투가 있었는데, 할머니는 어떻게 알고 그 안에서 캔을 꺼냈다. 캔을 꺼낼 때마다 음료가 줄줄 흘러내린다. 쓰레기봉투 속에 병도 들어 있다. 병에도 술이 남아 밑으로 쏟아진다. 이번에는 다른 검은 비닐봉지를 뒤졌고, 그러자 그 안에 생각지 못한 옷이 들어 있다. 그것도 한 벌이 아니라 여러 벌이다. 반 팔 여름옷도 있고, 두꺼운 겨울옷도 있다. 그리고 모자 여러 개가 덤으로 들어 있다. 할머니는 옷과 모자를 챙기며 입가에 미소를 지었다. 책을 발견한 것은 다세대 주택 앞이다. 책은 박스에 넣어져 있지 않고 끈으로 묶여 있다. 한 묶음이 아니라 여러 묶음이다. 할머니가 책을 수레에 담으려 할 때다. 안에서 목이 굵은 여자가 나오더니, 할머니에게 소리쳤다.

"이거 버리는 거 아녀유?"

할머니는 몹시 당황해한다.

"가져가는 사람 따로 있단 말이예욧!"

"난 버린 줄 알구······."

"그렇다고 막 가져가요? 허락도 없이!"

"미안해유, 그런 거라면······."

"남의 거 가져가면 도둑이에요, 도둑! 아시겠어요?"

"미안해유."

할머니는 몇 번이나 고개를 숙였다.

주택가 골목에는 상가가 있다. 슈퍼를 비롯해 미용실, 세탁소, 문구점, 철물점, 화장품점 등이 있다. 그것은 달동네 도로에 있는 상가보다 크고 잘 꾸며져 있다. 상가 간판은 알록달록하며 내부는 아기자기한 느낌이다. 그리고 골목인데도 달동네에 없는 상가들이 보인다. 우유 대리점이라든지 신문 보급소, 피아노 학원 등 낯선 간판이 눈에 띈다. 도로가로 나오자 그곳에는 상가들이 더 많다. 도로를 사이에 두고 건물이 있고, 건물마다 크고 작은 상가들이 가득하다. 지하에는 노래방과 만화방과 피시방이 있고 1층은 은행과 약국이 있으며 2층에는 내과와 안과, 비뇨기과가 있고 3층은 보습학원 4층은 독서실 등이 있다. 규모나 종류에서 그것은 달동네를 압도한다. 그리고 주택가는 구멍가게 대신 슈퍼와 마트, 편의점이 있어 모든 물건이 다 있다.

주택가에는 달동네에 없는 시장도 있다. 시장은 아치형 지붕으로 눈비를 피할 수 있게 만들어져 있고 가운데 통로는 사람이 지나다니며, 양옆에는 점포가 길게 늘어서 있다. 시장에는 없는 게 없다. 세상의 물건이란 물건은 다 여기 있는 것 같다. 생선 가게에는 명태, 갈치, 고등어 등 생선이 있고 채소 가게에는 무, 양파, 배추 등이 있다. 반찬가게에는 밑반찬으로 먹는 반찬들이 먹음직스럽게 놓여 있으며 과일가게에는 온갖 과일이 수북하게 쌓여 있다. 그밖에도 떡집이 있고 두부를 직접 만들어 파는 두부 가게, 사골 국물을 만들어 파는 정육점, 기름을 짜서 파는 방앗간, 각종 그릇을 파는 그릇 가게 그리고 옷가게, 신발 가게, 이불 가게 등이 있다. 시장에는 사람도 많다. 주택가 골목에 사람이 뜸했는데 이곳에 다 모인 것 같다.

할머니는 원래 새벽 시간에 시장에 간다. 한적한 시간에 가야 방해가 안 되고, 고물도 편하게 수거할 수 있기 때문이다. 할머니는 한 건어물 가게로 들어갔다. 건어물 가게 앞에는 멸치가 놓여 있다. 작은 잔멸치부터 크기별로 구분해 놓고, 소량으로 포장해 앞에 진열해 놓고 있다. 건어물 가게에는 잣과 땅콩이 있고 한과, 약과, 유과, 오징어, 건새우, 노가리, 북어채, 황태채 등 많은 물건이 있다. 그리고 색이 고운 고구마와 자색 고구마칩도 보인다. 제품마다 원산지 표기와 가격 표시가 되어 일일이 묻지 않아도 될 것 같다. 제품 관리와 유통이 잘 되는지 포장지도 윤기가 난다.

"이 앤 누구예요?"

빈 박스를 내주며 주인 여자가 묻는다. 주인 여자는 다른 상가 분들과 달리 옷차림이 깨끗하다.

"내 증손자. 손녀 아들이여."

할머니는 거짓으로 대답한다. 그런데도 건어물 가게 주인은 의심 없이 받아들인다. 난 할머니를 이해한다. 누가 그렇게 물으면 그렇게 답할 수밖에 없음을. 건어물 가게를 나와 시장통을 다시 걷는데, 분식집 주인이 할머니를 부른다. 그런데 분식집 주인은 다름 아닌 옥탑방에 사는 송이 엄마다. 난 송이 엄마가 시장에서 분식집을 하리라곤 생각 못했다.

"할머니, 떡볶이 좀 드세요."

"괜찮아. 저번에도 줘서 먹었잖어."

"그래도 드시고 가세요. 아, 너도 왔구나."

난 송이 엄마한테 인사드렸다.

"너도 와서 먹으렴. 손님도 없고 하니까……."

할머니는 나만 떡볶이를 먹으라고 했다. 다른 점포에 가서 종이 박스를 가져와야 한다면서. 난 자리에 앉았다. 멋쩍기도 해서 분식집 안을 둘러보았다. 분식집 입구에는 넓은 판에 빨간 떡볶이가 있고, 그 옆에는 순대와 어묵이 있다. 튀김도 있는데 고추와 깻잎, 고구마, 오징어, 잡채말이 등 여러 가지가 있다.

"넌 참 착하구나."

송이 엄마는 내게 오뎅 국물을 내준다.

"왜요?"

"어린데도 할머니를 도와 드리니."

"가끔 도와 드려요."

"그래도 그게 어디니. 시장에 오면 들리렴."

"네?"

"내가 떡볶이 줄테니 꼭 와."

송이 엄마는 집에서 볼 때와 다르다. 집에서는 얼굴이 어두운데 시장에서는 표정이 밝다. 말도 별로 없으신데 여기서는 그렇지 않다. 송이 엄마는 떡볶이 한 접시를 내 앞에 놓는다. 떡볶이는 빨간 양념으로 버무려져 있고, 그 위에 흰깨와 검은깨가 뿌려져 있다. 난 떡볶이 하나를 먹어 보았다. 떡볶이는 볼에서 소리가 날만큼 쫀득하다. 거기다가 더하거나 덜하지도 않고 매운맛과 감칠맛이 적당하다. 밀떡과 어묵, 양배추가 들어간 것 이외에는 특별한 게 없다. 그런데도 맛이 좋다. 그동안 먹어 본 떡볶이 중에서 단연 최고다. 송이 엄마는 내게 순대도 주고 튀김도 주었다. 순대는 잡냄새가 없고, 튀김은 바삭바삭하며 고소했다.

 수레에는 성인 남성 키보다 높게 폐지 더미가 쌓여 있다. 할머니가 끌고 가기에는 과도한 양이다. 도로에 수레를 들여놓았다. 고물을 싣고 차도로 가는 것은 위험하지만 어쩔 수 없다. 인도는 바닥이 울퉁불퉁해 수레가 덜컹거리고, 바퀴도 잘 나가지 않는다. 뒤에서 차들이 경적을 울린다. 높이 쌓은 폐지 때문에 시야가 좁아지고, 폐지 무게가 엄청나 수레가 마음대로 움직이지 않는다. 나이 든 사람이라고 운전자들이 너그럽게 봐주지 않는다. 그들은 차 문을 내린 채 소리 지르고, 거친 욕설을 퍼붓는다. 도로에서 주택가 골목으로 접어들었다. 한참 가니, 지대가 높은 곳이 나온다. 짐을 실은 채 경사진 길을 오르기란 쉽지 않다. 남자도 아닌 여자가, 그것도 힘이 다한 노쇠한 몸으로. 난 뒤에서 수레를 민다. 두 손을 짐 뒤에 얹고 있는 힘을 다해 민다. 앞에서 끄는 것도 아니고 그냥 미는데도 숨이 턱턱 막힌다. 힘을 준 까닭에 다리가 아프고, 허리도 아프다. 그동안 할머니는 얼마나 힘이 드셨을까. 이 경사진 길을 어떻게 올랐을까. 빈 수레도 아닌

짐을 가득 실은 수레를. 그동안 할머니의 고통이 어떠했을지 짐작이 간다.

고물상은 주택가 외곽에 위치해 있다. 입구에 수레가 여러 대 세워져 있고, 고물 단가가 적혀 있다. 고물상은 부부가 함께 운영했다. 키 작은 여자는 고물상에 오는 사람들을 상대하고, 키 큰 남자는 거래처를 돌아다니며 파지 및 고물들을 실어 왔다. 고물상은 쓸모없는 물건이 모이는 곳으로, 사람들의 욕망이 커질수록 물건들이 많아진다. 고물상에는 자원이 산더미처럼 쌓여 있다. 자원은 종류별로 잘 분류돼 있는데 종이며 동, 구리, 유리병, 플라스틱을 비롯해 값나가는 비철이나 고철이 눈에 띈다. 저렇게 많은 것들이 쓰레기로 처리되면 더 큰 공해나 환경 문제를 일으키지만, 자원으로 재생되면 일거양득이다. 고물상에는 집게 차와 지게차도 있다. 쓸 것과 못 쓰는 폐기물을 분리하는데 쓰는, 각종 공구들도 있다. 고물은 도매상에 되팔기 위해 분해 작업을 하는데 산소 작업과 드릴 작업, 망치 작업, 기타 기계 작업을 한다.

사무실에 노인들이 앉아 있다. 값이 매겨지는 저울 눈금을 물끄러미 바라본다. 한참 후, 할머니 차례가 왔다. 고물상에서 모든 물건의 가치는 무게로 환산된다. 철판으로 이루어진 저울에 무게를 재니, 전방에 설치돼 있는 전광판에 숫자가 들어온다. 거기서 수레 무게 60킬로그램이 빠져 실질적인 무게는 50킬로그램이다. 종일 일해 받은 일당이 겨우 커피 한 잔 값이다.

6

　난 할머니와 같이 살지만, 할머니에 대해 아는 게 별로 없다. 기껏 할머니 이름과 나이, 할머니가 좋아하는 음식 정도다. 난 할머니 고향이 어딘지 모르고, 할머니 형제에 대해서도 알지 못한다. 할머니가 어떻게 살아왔는지 아무것도 모른다. 그래서 어느 날 할머니한테 물었다. 할머니는 부모도 모르고, 고향도 모른다고 했다. 할머니에게는 단 한 명의 혈육도 없다. 고아이기 때문에 먹고 싶어도 배불리 먹을 수 없고, 입고 싶어도 맘대로 못 입고, 배우고 싶어도 학교 문턱에도 못 갔다. 할머니는 일찍 결혼했다. 그러나 복이 없어 남편마저도 몇 년 못 살고 병으로 세상을 떠났다. 그 뒤 할머니의 삶은 고난의 길 그 자체였다. 할머니는 청상과부로 하나뿐인 아들을 기르며 안 해 본 게 없었다. 식모살이와 식당 일, 공장 일, 간병인, 광주리장사, 환경미화원, 보따리 행상, 보험 설계사, 공양주 보살, 건설 현장 노동일까지 돈이 되는 것은 물불을 안 가리고 닥치는 대로 했다. 호프집 주방장이 되기 위해 백 가지 넘는 안주 레시피를 익히고, 도배사가 되기 위해 팔뚝에 풀독이 올랐으며 산나물을 팔기 위해 나물을 뜯다가 뱀에 물리기도 했다.

　그러다가 노점 과일 장사를 했다. 할머니는 점포 하나 없이 길거리에서 눈비 맞아가며 장사를 했다. 좋은 과일을 받기 위해 누구보다 먼저 도매상으로 향하고, 교통비를 아끼기 위해 한 시간

거리를 매일 걸었다. 단속원의 눈치를 보며 과일을 팔았고, 장사가 끝난 후, 남의 식당에서 일하고 밥을 얻어먹었다. 자식은 돌보는 보호자 없이 늘 방치되었다. 그러다 보니 아들이 크게 다치고, 영양실조에 걸리기도 했다.

할머니는 운 좋게 시장 점포에서 생선가게를 했다. 할머니는 좋은 물건만 받았다. 일일이 손으로 만져 보고, 상태를 확인해 싱싱한 생선을 골랐다. 재고도 남기지 않았다. 당일 판매가 원칙이어서 저녁이 되면 손해를 보더라도 안 남기고 다 팔았다. 그러자 가까운 데는 물론이고 먼 곳에서도 사람들이 찾아왔다. 할머니는 십 원 한 장 허투루 쓰지 않았다. 힘든 삶 속에서 몸에 밴 절약 습관으로 필요한 물건이 아니면 쳐다보지 않았고, 그동안 생일 한 번 못 챙겼으며 여행 한 번 간 적 없다. 할머니는 아들을 대학까지 보냈다. 장성한 아들이 사업을 시작하자 결혼을 시켜 살림까지 내주었다.

그러던 어느 추운 날이었다. 아들이 다 죽어가는 얼굴로 찾아왔다. 사업에 실패하고 부도를 맞았다며 울기 시작했다. 할머니는 상가를 처분하고 땅도 처분했다. 살고 있는 집도 팔았다. 그러나 아들은 그 뒤 나타나지 않았다. 아들이 다른 나라로 이민 갔다는 것도 나중에야 알았다.

7

쓰레기봉투를 버리러 나왔다가 문 앞에서 현수를 만났다. 그 애는 하얀 도복을 입고 있다. 허리춤에는 빨간 띠가 둘러져 있는데, 도복을 입어 더 씩씩하고 당당해 보였다.

"야, 넌 학원 안 다녀?"

현수가 내게 물었다.

"안 다녀."

"한 개도?"

난 고개를 끄덕였다.

"왜 안 다녀?"

"할머니가……."

"할머니가 뭐?"

"아니야."

난 할머니가 학원을 보내주지 않아서라고 말하려다가 입을 다물었다. 할머니가 고물 팔아 번 돈으로는 학원은커녕 과목당 매달 삼사 만 원하는 학습지도 못한다. 현수네 집에 간 것은 빵 때문이다. 현수는 내게 빵을 좋아하냐 물었고, 자기네 집에 가면 맛있는 빵을 주겠다고 했다. 현수네 집은 생각보다 좋다. 거실에는 진한 밤색 4인용 소파가 있고, 앞쪽 선반 위에는 두께가 얇은 TV가 놓여 있다. 현수네는 방이 두 개다. 문이 누런색이라 갑갑해 보이나, 대신 밖이 잘 보이게 창문이 큼지막하다. 현수 방은 넓다. 하나뿐인 우리 방보다 더 커 보인다. 방은 어두운 갈색으로 도배돼 있고, 바닥은 그레이톤의 장판이 깔려 있다. 난 자기 방이 있는 현수가 부러웠다. 더구나 방에는 멋진 침대와 책상이 있다. 침대는 푸른색으로 반원 타입의 헤드와 구름 가드가 포인트고, 나무 무늬가 들어간 책상은 양옆에 책장이 설치돼 있다. 그리고 책상 위에 컴퓨터 한 대가 보기 좋게 놓여 있다.

현수는 빵을 가져와 내게 주었다. 봉지에 든 단팥빵인데, 위로 풍성하게 부풀어져 있고, 검은 깨가 가운데 뿌려져 먹음직스럽다. 빵을 먹고 나자 현수는 검은 속셈을 드러냈다. 현수는 내게 집 청소와 설거지를 도와 달라고 했다.

"그건 너희 엄마가 하잖아?"

난 왠지 기분이 좋지 않았다.

"우리 엄만 일을 하거든."

"무슨 일 하는데?"

"식당을 해."

"식당?"

"감자탕집이야."

"너희 엄마가 하는 거야?"

"그럼. 우리 엄마가 사장인데."

그러나 그것은 사실이 아니었다. 현수 엄마는 사장이 아니며 그곳에서 홀 서빙하는 종업원이다. 조리돼 나온 음식을 서빙하고 청소와 식기 세팅, 테이블 정돈 등 다양한 일을 한다.

"그래도 너희 엄마가 계시는데…….".
"우리 엄만 밤늦게 와."
"그럼 너희 아빠가 하면 되지."
"우리 아빠도 늦게 와. 우리 아빤 공장장이거든."
"공장장이 뭐야?"
"야, 넌 그런 것도 모르냐. 공장을 책임지고 관리하는 사람을 공장장이라고 하잖아. 사장 빼고 공장 사람 모두가 우리 아빠 밑이야. 그래서 우리 아빠 말이라면 다들 꼼짝 못해!"

현수는 목에 힘을 주며 말했다. 그러나 알고 보니 그것도 사실이 아니다. 현수 아빠는 기계 부품 공장에서 일하고, 직책도 공장장이 아닌 단순 생산직 사원으로 용접이나 접착, 도포 작업 등을 한다. 거실부터 청소를 시작했는데, 달동네와 주택가는 청소 도구부터 달랐다. 달동네는 빗자루와 쓰레받기를 이용하지만, 주택가는 유선 진공청소기를 가지고 청소했다. 바퀴가 달린 본체에 호스를 연결해 청소하는 방식으로, 전기 코드만 꽂혀 있으면 몇 시간이든 최대 파워로 사용 가능하다. 아무튼, 빗자루를 사용하면 허리가 아픈데 진공청소기는 서서 사용해 편하다. 더구나 빗자루로 해결하기 힘든 작은 먼지를 제거하고, 흡입구가 긴 막대로 손이 안 닿는 곳까지 청소할 수 있다. 난 놀이하듯 청소기를 밀었다. 힘을 줘 민다는 느낌보다 끈다는 느낌으로. 청소기 헤드와 바닥이 평평한 상태로 1회 왕복을 오육초 정도 움직여 준다.

유선이라 그런지 성능도 강하다. 먼지나 황사, 알레르기 유발 물질이 사라지는지 확인할 수 없지만 청소기가 지나간 자리는 다시 건드릴 필요가 없다. 바닥을 밀면 청소기가 이물질을 빨아들이는 힘을 느낄 수 있다. 그러나 소리가 큰 게 흠으로, 청소할 때 드륵드륵거리는 마찰음도 신경 쓰인다. 청소기가 잘 따라오지 않고 모서리에 걸리고 가구에 부딪치고 선의 길이에 따라 이동해야 하는 것, 그리고 본체를 끌고 다녀야 하는 것도 다소 불편하다.

닦는 것도 손걸레가 아닌 밀대를 이용했다. 걸레를 본체에 넣어 물기를 짠 다음 밀면 된다. 도톰한 극세사 걸레는 바닥에 스크래치가 안 나고, 옛날 장판인데도 부드럽게 잘 닦인다. 거실 바닥에 있는 먼지나 얼룩도 잘 흡착되고, 주방 마루에 먹다 흘린 우유 자국도 잘 제거된다. 물걸레 패드 부분이 360도 회전되기 때문에 곡선 부분이나 각진 부분도 닦을 수 있고, 헤드 높이가 3센티미터라 소파나 침대 밑 틈새도 청소가 가능하다. 밀대로 바닥을 청소하니 손걸레보다 확실히 편하다. 손걸레는 매번 걸레 세척과 탈수를 해 번거롭고 왔다 갔다 해 동선이 낭비된다. 무릎 꿇고 엎드려야 해서 손목과 허리도 아프다. 밀대 걸레도 단점은 있다. 편리하지만 힘이 덜 전달돼 잘 안 닦이고, 밀대가 무거워 청소를 마치기도 전에 지쳐 버린다.

난 주방으로 이동했다. 거실과 분리돼 한쪽으로 배치된 주방은 넓은 환기창이 있고, 오래된 수납장이 있다. 천장은 그을음으로 시꺼멓고, UFO 모양의 가스 감지기는 먼지를 뒤집어쓰고 있다. 김치 냉장고와 전자레인지도 있는데, 그것은 우중충한 주방을 돋보이게 했다. 개수대에는 설거지거리가 수북하다. 밥그릇, 접시, 냄비, 물컵, 집게, 가위, 숟가락, 젓가락, 프라이팬 등이 산처럼 쌓여 있다. 난 설거지는 그래도 자신 있다. 새로 씻은 그릇들을 엎어야 해서 일단 설거지 망에 다른 그릇들을 정리하고, 기름기 묻은 그릇들을 휴지로 닦아 미온수에 담았다. 세제를 수세미에 직접 묻히면 헹궈도 미량의 세제가 남기에 설거지통에 풀어 식기를 닦는다. 그리고 흐르는 물에 씻고 다시 남은 거품이 없게 세 번 이상 헹군다.

현수는 화장실 청소도 부탁했다. 내가 머뭇거리자 다시 빵으로 유혹했다. 현수네 화장실은 우리 집 화장실보다 크다. 타일도 갈라진 데 없이 깨끗하고 물도 잘 나오고, 환풍기도 작동이 잘 되어 냄새가 안 난다. 변기 청소에 필요한 것은 세정제와 스펀지와 청소솔이다. 세정제를 묻힌 스펀지로 변기 뚜껑과 외부를 닦는다. 변기 외부를 청소한 후 변기 내부도 닦는다. 변기 내부에는 오물이 묻어 있고, 빨간 곰팡이도 있다. 솔과 세정제를 사용해 닦고, 더러운 게 씻겨 나가게 물을 뿌렸다.

청소를 다 마치고 나니, 밑에 바지가 축축하다. 옷에서 물이 뚝뚝 떨어질 정도다. 그래도 빵을 얻어 돌아가는 발길은 가벼웠다.

8

고요한 반지하에 발자국 소리가 들려온다. 그것은 창밖에서 나는 소리가 아니라 현관 밖에서 나는 소리다. 누구일까. 소리로 보아 그것은 할머니 발자국 소리가 아니다. 할머니 발자국 소리는 작고, 둔탁하거나 거칠지 않다. 걷는 게 느리며 바닥에 신발 끌리는 소리가 난다. 이 시간은 할머니가 오실 시간이 아니다. 누가 올 사람도 없다. 아니, 낮이라도 그것은 마찬가지다. 숨을 멈춘 채 발자국 소리에 귀를 기울였다. 발자국 소리는 빠르고 경쾌하다. 또한 힘이 있다. 난 주먹을 움켜쥐었다. 발자국 소리가 점점 크게 들리더니, 이윽고 문 앞에서 딱 멈춘다.

"할머니 계세요?"

매우 낯익은 목소리다. 문을 여니, 송이 엄마가 어둠 속에 서 계신다.

"할머니 집에 계시니?"

"아니요."

"아직 안 들어오신 거야?"

"네, 아직요."

"언제 오셔?"

"조금 더 있어야 해요."

"아, 그래. 너, 밥은 먹었니?"

"아, 아니요."

"아직도?"

"할머니 오시면 같이 먹을 거예요."

"저녁 시간이 한참 지났는데……."

송이 엄마는 잠깐 들어가겠다고 하면서 신발을 벗었다. 그리고 곧장 주방으로 가더니, 가지고 온 종이가방을 식탁 위에 올려놓았다.

"내가 떡볶이랑 튀김 좀 가져왔다."

송이 엄마는 종이가방 안에서 일회용 포장 용기를 꺼냈다. 그 안에는 떡볶이와 튀김이 들어 있다.

"와아, 떡볶이다!"

떡볶이를 보니, 나도 모르게 탄성이 나왔다.

"맛있겠다!"

난 침을 꼴깍 삼켰다.

"먹어 보렴!"

송이 엄마는 젓가락을 내 앞에 놓아주었다. 난 하나 먹어 보았다. 떡볶이는 매콤하니 쫀득쫀득해 저번에 먹었던 맛 그대로다.

"밥은 있니?"

송이 엄마는 밥솥을 가리켰다.

"없어요."

송이 엄마는 쌀이 어디 있는지 묻고 쌀을 한 바가지 퍼가지고 왔다. 그리고 주방에서 쌀을 씻었다. 송이 엄마는 쌀을 씻는 게 할머니와 다르다. 송이 엄마는 처음 받은 물은 빨리 헹구고 버렸다. 쌀 씻는 것도 힘주어 박박 씻었다. 반면 할머니는 손가락 사이사이로 휘젓듯이 부드럽게 헹군다. 송이 엄마는 계속해서 씻었다. 흰 물이 안 나올 때까지 씻었다. 밥솥에 밥을 안치고 송이 엄마는 냉장고 문을 열었다.

"반찬이 하나도 없구나!"

냉장고 안을 위아래로 훑어보며 송이 엄마가 말했다.

"밥은 뭐하고 먹니?"

"김치하고 먹어요."

"김치하고만?"

"국도 먹어요."

"어떤 국?"

"된장국요."

"가만있어 봐, 내가 반찬 좀 가져와야겠다."

송이 엄마는 다시 밖으로 나갔다. 송이 엄마가 사라지자 다시 고요가 찾아왔다. 난 눈을 감았다. 시간이 멈춘 것 같다. 그리고 이 순간 세상도 정지된 것 같다. 송이 엄마는 집에서 많은 반찬을 가져왔다. 멸치볶음을 비롯해 콩조림, 무말랭이, 연근조림, 간장고추, 오이무침 등 평상시 먹어 보지 못한 반찬들이다. 송이 엄마는 콩나물을 씻어 냄비에 넣고 가스불에 올렸다. 그리고 칼의 머리 부분으로 마늘을 빻아 넣고, 양파와 고추도 썰어 넣었다. 난 앉아서 송이 엄마를 멍하니 바라보았다. 아니, 넋 놓고 우두커니 바라보았다.

밤에 난 잠을 이루지 못했다. 엄마가 생각났다. 엄마에 대해 난 아는 게 없다. 엄마 얼굴도 모르고, 엄마 이름도 모른다. 어릴 적 난 할머니한테 물었다.

"할머니가 내 엄마야?"

뭘 생각하고 물었다기보다 그 말이 나도 모르게 튀어나왔다. 하지만 할머니는 아무 말이 없었다. 그저 미소만 지을 뿐. 내가 좀 더 자라자, 할머니는 이렇게 말했다

"난 니 할머니지, 니 엄마는 아녀!"

그래서 난 물었다.

"그럼 엄마는 어딨어?"

"니 엄마는 멀리 있어."

"멀리 어디?"

"여기서 멀리 떨어져 있는 데야."

"왜 거기에 있어?"

"돈을 버느라고 그랴."

"돈?"

"돈을 벌어야 우리 애기 맛있는 거 사주지."

"그럼 돈 벌면 와?"

"그럼 오구말구."

그러나 오지 않았다. 내가 초등학교에 들어가도 소식이 없었다. 난 엄마가 아직 돈을 못 벌어 못 오는 것으로 생각했다. 그런데 어느 날 할머니는 내게 뜻밖의 이야기를 들려주었다. 그날 할머니는 수레를 끌고 다른 지역에 갔다고 한다. 그 지역이 고물값을 많이 쳐주기 때문이다. 고물은 1킬로그램당 많게는 40원까지 차이 나는데 단가가 가장 낮은 데는 1킬로그램에 110원, 가장 높은 데는 1킬로그램에 150원까지 쳐준다. 할머니는 대교 위를 지나갔다. 다리 밑에는 검은 물이 흘렀다. 수레 옆으로 차들이 쌩쌩 달리고, 뒤에 오는 차들이 클렉션을 울렸다. 대교를 지나자 낯선 동네가 펼쳐졌다. 도로에 차들이 북적대고, 주위에 건물이 가득했다. 다른 지역이라고 해서 다를 것은 없었다. 할머니는 주택가 안쪽으로 들어갔다. 주택가 역시 다르지 않았다. 골목에 쓰레기봉투가 겹겹이 쌓여 있고, 분리수거가 안 된 캔이나 페트병, 스티로폼 등이 뒤섞여 있다. 할머니는 종이 박스 하나를 집었다. 커다란 박스였다. 그런데 그 안에 아기가 들어 있었다. 아기는 울지도 않고 꼬물거리고 있었다. 할머니는 얼른 아기를 안았고, 고물이고 뭐고 집으로 향했다. 처음에 할머니는 아기를 고아원에 보낼 생각이었다. 그러나 아기가 눈에 밟혀서 차마 그렇게 하지를 못했다.

9

난 지상으로 나왔다. 옥탑방에 가는 시간은 해가 질 무렵으로, 그때쯤이면 송이가 집에 돌아왔다. 송이는 유치원에 다니는데 늦게 돌아온다. 집에 아무도 없어 유치원에서 놀다 오기 때문이다. 송이 말로는 전에는 더 늦었다고 한다. 그때는 스스로는 통학이 어렵고 집에 혼자 있을 수도 없어 늦게까지 남아 있다가 일을 마친 엄마가 밤에 데려갔다고 한다. 옥탑방에 가면 송이는 항상 혼자 있다. 그래선지 내가 가면 좋아한다. 물론 혼자 있어도 송이는 잘 논다. 혼자 있다고 해서 심심해하거나 무서워하지 않는다. 옥탑방 현관문을 열면 먼저 거실이 드러난다. 거실은 네모반듯하며 초록색 소파가 놓여 있다. 소파는 색이 바래고, 앉는 부분이 갈라져 있다. 주방은 거실과 붙어 있는데 싱크대 위아래로 수납공간이 많고, 오른쪽에는 환기가 잘 되는 넓은 창이 있다. 싱크대 옆에는 냉장고와 전자레인지가 가지런히 배치돼 있다.

옥탑방은 방이 두 개인데 안방은 송이 엄마가 쓰고, 작은 방은 송이가 쓴다. 안방은 창이 좌우로 있어 햇빛이 잘 들어오고, 창에 커튼도 달려 한결 분위기가 있다. 안방답게 그곳에는 가구와 화장대가 있고, 벽에 꼭 달라붙은 침대가 있다. 작은 방은 도배와 장판 상태가 좋다. 그래서 방이 깔끔하고 아늑하다. 작은 방에는 옷걸이 행거와 책상이 있고, 분홍색 작은 침대가 한쪽에 놓여 있다.

송이는 인형을 좋아했다. 인형과 친구처럼 대화하며 까르르 웃는다. 보통 인형하면 보들보들한 촉감의 봉제 인형이나 바비 인형과 같은 마론 인형을 생각하는데, 송이는 다양한 인형을 갖고 있다. 난 인형의 종류가 그렇게 많은 줄 몰랐다. 점토 인형을 비롯해 종이 인형, 마트료시카 인형, 자유자재로 움직일 수 있는 구체관절 인형, 사람처럼 느껴지는 비스크 인형 등 인형이란 인형은 다 있다. 그중에서도 송이가 특별히 좋아하는 인형은 따로 있다. 그것은 고양이처럼 생긴 인형으로, 실제로도 고양이 느낌이 난다. 가슴에 폭 안길만한 사이즈와 아기처럼 동글동글한 몸, 발바닥 젤리 등 너무 똑같아 한번 만져보게 된다. 수의사 체리 인형은 송이가 의사가 되어 놀이하는 인형이다. 송이는 인형을 흔들며 말하곤 한다.

"어디가 아픈가요? 배가 아픈가요, 아님 머리가 아픈가요?"

송이는 청진기로 진료하고 주사를 놓아준다. 밴드도 붙여 주는데, 털이 부슬부슬해 잘 붙지 않는다.

토끼 인형도 좋아하는 인형으로, 그것은 들고 다닐 수 있게 토끼집과 역할 놀이할 수 있는 장난감까지 구성품이 많다. 전원을 켜면 토끼가 깡충깡충 뛰어다닌다. 귀와 코가 움직이고 소리를 내어 토끼가 살아 있는 것 같다. 핑크와 오렌지 컬러가 섞인 롱헤어에 뱅 스타일 앞머리, 작은 얼굴에 큰 눈과 긴 속눈썹을 가진 구체관절 인형도 좋아하는 인형이다. 체크 치마부터 구두, 레이스 양말까지 의상도 고급지고 손은 네일 아트를 받았으며 거기다가 두꺼운 자켓 안에 반팔 티셔츠를 입었는데 롤러스케이트를 신고 얼굴에 선글라스를 끼면 새로운 스타일로 변신한다. 마론 인형과 달리 그것은 표정이나 머리카락, 머리 컬러, 눈동자 색깔까지 바꿀 수 있다. 의자에 앉힐 수도 있고 무릎이 굽혀지며 팔과 팔목까지 꺾인다.

미미 인형도 송이가 아끼는 인형인데, 부피가 커서 그것은 시선을 끈다. 캐리어가 미미 인형의 집이 되는데 안에 장난감을 다 정리하면 고정할 수 있는 장금장치가 있고, 바퀴도 굴러가는 장난감이라 캐리어처럼 사용할 수 있다. 캐리어하우스 내부에 목욕 공간과 메이크업 공간이 있어 작은 소품들이 많다. 화장대와 소파가 있고, 파자마 한 벌도 있다.

난 송이에게 새로운 장난감을 만들어 주고 싶었다. 그래서 집에 종이컵이 있으면 다 가져오라고 했다. 열 개 이상은 되어야 하는데 다행히 종이컵이 많다.

"너, 뱀 그릴 줄 알아?"

"뱀?"

"응, 뱀을 종이컵에 그려줘."

"뱀은 무서운데."

송이는 고개를 흔든다.

"다 안 그리고 눈과 입만 그리면 돼."

"그래도 징그러워."

"그림인데, 뭐."

"뱀은 그린 적도 없어."

"그래도 한번 그려봐."

송이는 한참 생각하더니, 종이컵에 뱀을 그리기 시작한다. 나도 옆에서 뱀을 그렸다. 난 뱀 입과 뱀 혀를 사실대로 그렸다. 그러나 송이는 다르게 그린다. 뱀 눈을 사람 눈처럼 그리고, 거기에 흰자도 그린다. 뱀 입도 실제와 다르게 그린다. 긴 혀가 날름거리는 모습이 아닌 귀여운 토끼 입으로 표현한다. 그림을 다 그린 다음 끈을 이용해 종이컵을 모두 연결했다. 그러자 꿈틀대는 한 마리 긴 뱀이 됐고, 송이는 그걸 보며 신나했다.

송이와 두 번째로 한 놀이는 계단 오르내리기였다. 가위바위보 해서 이긴 사람이 계단을 한 칸씩 내려가는 게임인데, 송이는 이런 것을 해본 적 없고 가위바위보도 잘 못했다. 송이는 가위바위보 할 때 제때 손을 안 냈다. 상대와 같이 내야 되는데 한 박자 늦거나 아니면 빨랐다. 그러다 보니 첫판은 내가 이겼다.

"다시 해!"

난 이번에는 규칙을 바꿨다. 가위바위보에서 이기면 계단 두 칸을 올라가고, 지면 두 칸 내려가는 것으로. 첫판과 달리 송이는 가위바위보를 잘한다. 나와 속도를 맞춰 손을 잘 낸다. 송이에게는 가위바위보 패턴이 있다. 패턴이 거의 일정해 다섯 번 중에 네

번은 같은 패턴이다. 그러나 두 번째 판은 내가 져 주었다.
"와아, 내가 이겼다."
송이는 세상을 다 가진 것처럼 좋아했다.

10

난 엄마가 늘 그리웠다. 할머니가 잘해 줘도 엄마가 보고 싶었다. 난 많은 것을 바라지 않았다. 아이들에게 다 있는 엄마가 나도 있었으면 했고, 집에서나 밖에서나 엄마를 한번 불러보고 싶었다.
"우리 엄마가 떡볶이 해줬다."
"우리 엄마가 나 옷 사줬다."
그때마다 난 몸이 움츠러들었다.
"너, 고아지?"
초등학교에 들어가니 아이들이 날 놀렸다.
"니 엄마 도망갔다며?"
"니 엄마 깜빵 갔냐?"
아이들은 서슴없이 말했다. 어떤 아이는 이렇게 말하기도 했다.
"우리 엄마가 너랑 놀지 말래. 고아랑 놀면 멍청이가 된다고."
그날도 반 아이에게 고아 새끼란 말을 듣고 혼자 터벅터벅 걸어갔다. 동네 마트 앞에 왔을 때였다. 아주머니 한 분이 내 앞을 지나갔다. 난 지금도 그때 일을 이해할 수 없다. 그녀를 보는 순간 밑도 끝도 없이 내 엄마다, 라는 생각이 드는 것이었다. 그녀는 몸이 호리호리하고 머리는 어깨를 덮을 정도로 길었다. 옷은 비싸 보이지는 않아도 단정하고 깨끗했다. 그녀는 피부색만 빼면 송이 엄마와 많이 닮아 있었다. 난 무엇에 홀린 듯이 그녀를 뒤쫓기 시작했다. 그녀는 마트 앞에 있는 도로를 건넜고, 나도 얼른 횡단보도에 발을 내딛었다. 그녀의 손에는 장바구니가 들려 있다. 일반 장바구니처럼 들고 다니고 백팩 형태로 메고 다닐 수 있는 장바구니로, 황토색 바탕에 푸른 나뭇잎이 그려져 있다.

도로를 건너자 그녀는 주택가 골목으로 들어섰다. 빌라가 밀집해 있는 골목으로 한낮이지만 오가는 차도 없고, 지나는 행인도 없다. 난 그녀와 적당한 거리를 유지하며 걸었다. 최대한 소리를 죽여 사뿐사뿐 걸었다. 그녀는 느리거나 빠르지 않고 일정한 속도로 걸었다. 발자국 소리가 조용한 골목에 울려 퍼졌다. 골목 안으로 쑥 들어가더니, 그녀는 갑자기 왼쪽으로 방향을 틀었다. 그리고 한 빌라 안으로 들어갔다. 빨간 벽돌의 빌라로, 공동 현관은 녹이 슬고 부식돼 문이 닫히지 않는다. 이어 지하 계단으로 내려간다. 밑으로 내려감에 따라 몸이 점점 작아졌다. 계단 밑으로 내려간 그녀는 초인종을 눌렀고, 얼마 후 문이 열리면서 어린아이가 나왔다. 내 또래 남자아이였고, 지하에서 웃음소리가 메아리처럼 들려왔다.

난 거리를 헤매며 돌아다녔다. 아무 생각 없이 이 골목 저 골목, 이 도로 저 도로 발길 닿는 대로 걸었다. 그날 난 정신이 어떻게 된 듯했다. 주황색 벽돌 일색인 주택가를 미친 듯이 걷고 또 걸었다. 그러다가 멈춘 곳이 하천이다. 도심 한복판을 지나 주택가를 감싼 채 물길이 나 있는 하천. 그곳은 주택가 외곽으로, 지하에 공장이 많았다. 가방 공장을 비롯해 구두 공장, 미싱 공장, 이불 공장, 가죽지갑 공장, 식품제조 공장, 금속 액세서리 캐스팅 제작 공장 등 작은 공장들이 밀집해 있다.

하천은 생기가 없다. 아니, 하천은 썩어 있다. 머리가 어지러울 정도로 심한 악취로 숨쉬기조차 힘들다. 물을 보면 돌연변이 괴물이 튀어나올 것 같다. 물 색깔은 혼탁하며 여울마다 잿빛 거품이 가득하고, 스치로폼 상자 하나가 배처럼 둥둥 떠다닌다. 주위가 공장지대라 오수 유입량이 많고 물이 낮아 찌꺼기가 안 내려가 악취가 더 나는 것 같다. 하천에는 돌다리가 있다. 난 풀숲을 뚫고 돌다리가 있는 곳으로 갔다. 하천 가장자리는 수풀로 덮여 있는데 갯버들과 갈대가 무성하고 어울리지 않게 꽃도 피어 있다. 메꽃과 붓꽃을 비롯해 꽃창포, 박하꽃, 달맞이꽃, 노랑머리연 등이 고개를 내밀고 있다.

처음에는 두루미인가 했다. 그러나 그것은 긴 목의 특징이 있는 왜가리였다. 왜가리는 고와 보인다. 회색 몸통으로 날개도 회색빛을 띠고 있다. 머리에는 검은색이 섞여 있는데, 마치 볼펜 한 자루를 머리에 매단 것 같다. 왜가리가 왜 여기에 누워 있을까.

세상 끝으로 와 외롭게 잠든 왜가리를 난 오래오래 바라보았다.

11

그날 집에 혼자 있는데 누가 문을 두드렸다. 문 열고 나가 보니, 일층에 사는 현수가 와 있었다.
"너가 웬일이야?"
난 현수가 갑자기 찾아와 놀랐다.
"왜, 오면 안 되냐?"
"그런 건 아니지만……."
"너네 할머니 있어?"
"아니, 안 계셔."
그러자 현수는 내 허락도 없이 안으로 성큼 들어왔다.
"심심해서 왔어. 너네 집이 궁금하기도 하고……."
난 현수가 찾아온 게 불편했다. 현수와는 마음이 안 맞고, 마주하면 왠지 내가 위축되는 느낌이라 피하고 싶다.
"넌 학원도 안 다니는데 뭐하냐? 너네 할머니랑 매일 수레 끄냐?"
"폐지는 가끔 주워."
"그럼 뭐해?"
"그림을 그려."
"그림?"

"내가 그림을 좋아해서."

"뭘 그리는데?"

"우리 동네를 그려. 동네 골목이나 집, 그리고 동네 사람들을…….."

"아, 근데 너네 집은 왜 이렇게 작냐?"

현수는 갑자기 화제를 바꾼다.

"야, 너네 집 방 몇 개야?"

"한 개."

"한 개? 그럼 니 방은 없어?"

난 고개를 끄덕였다.

"지하면 방이라도 많아야 되지 않아?"

현수는 얼굴을 흐렸다.

"그리고 이 냄새!"

현수는 손으로 코를 막는다.

"냄새라니?"

"넌 안 나?"

"무슨 냄새?"

"곰팡이 냄새."

"지하라서 그래."

"뭐, 이런 집이 다 있어!"

현수는 그대로 집을 나가 버린다. 그리고 다음 날 학교 가서 아이들에게 소문을 냈다. 내가 땅속에, 곰팡이가 가득한 지하에 산다고.

12

하루에 난 그림을 30장 이상 그린다. 덧셈 뺄셈은 잘 못하지만 그림은 잘 그린다. 거침없이 쓱쓱 그리는 스타일로, 볼펜은 그런 나의 욕구를 잘 충족시켜 준다. 그림 그릴 때는 남의 눈치를 보지 않는다. 누가 뭐라 하든 말든 내 식대로 그린다. 그래서 집에서의 그림 그리기는 좋지만, 학교에서의 그림 그리기는 싫다. 학교 미술 시간이 지루하게 느껴진다. 정형화된 주제에 잘 그려야 한다는 생각 때문이다. 주위에 아이들이 많은 것도 문제다. 난 혼자 그리는 것을 좋아한다. 그림 그릴 때 방해 요소가 없어야 한다. 주위에 사람이 없어야 하며 소란스러움이 없어야 한다. 처음 접하는 그림과 색감에서 난 언제나 설렘을 느끼고, 다채로운 색감과 표현 방식에서 나의 내면세계를 만난다.

우리 동네 주택가를 그린다. 자로 대략적인 비율만 표기하고 볼펜으로 직접 그린다. 볼펜의 강약을 조절해 나가고, 볼펜의 굵기와 힘에 의해 다양한 톤을 만든다. 볼펜의 가느다란 촉으로 디테일도 높인다. 아주 디테일한 곳은 눈을 크게 뜨고 초집중을 한다. 이곳 주택가는 오래된 연식의 구옥들로, 단독 주택보다는 빌라나 다가구 주택과 다세대 주택이 집중돼 있다. 도로 구획도 반

듯하지 않고, 골목도 지저분하다. 그렇더라도 달동네에 비하면 그것은 근사하다. 골목을 따라 자잘한 집들이 다닥다닥 붙어 있는 것은 달동네와 같지만 집과 골목, 동네 분위기는 뚜렷한 차이를 보인다.

내가 사는 집도 그린다. 좁은 골목에 다가구 주택, 창문이 지면과 아슬아슬하게 붙은 반지하방, 그 속에 나와 할머니가 박쥐처럼 산다. 그래도 이 정도면 훌륭하다. 달동네 같지 않고 비가 와도 지붕에 물새는 일이 없으니……. 볼펜은 강한 그림을 그릴 수 있는 이점이 있다. 흑백의 그림이 가지고 있는 차분함과 선의 강렬함이 조화를 이루고, 불필요한 선을 제거해 사물을 간결하게 표현한다. 볼펜으로 긋다 틀리면 그 위에 덧칠해도 무난한 선이 나온다.

이어 주택가 사람들을 그린다. 왕방울 같은 눈, 주먹만 한 코, 들쭉날쭉 톱날 같은 이, 귀밑까지 찢어진 입. 그려 놓고 보니 장승 얼굴이다.

13

그날은 휴일인 것으로 기억한다. 난 햇빛이 쨍쨍해지고 나서야 지상으로 올라왔다. 휴일이라 주택가는 조용하다. 이때쯤이면 발자국 소리와 차 소리로 골목이 시끄러울 텐데 물속처럼 고요하다. 이대로라면 세상은 아무 일도 일어나지 않을 것 같다.

옥상에 올라와 난 발을 멈추었다. 옥탑방에서 소리가 들려왔다. 굵직한 남자의 목소리다. 무엇 때문에, 누구한테 그러는지 모르지만 남자의 목소리는 점점 커지고 있다. 가슴이 뛰었지만, 한편으로는 호기심이 일었다. 살금살금 걸음을 옮겼다. 소리지르는 사람은 송이 아빠인 듯하다. 그렇지 않고서야 저렇게 소리치고, 일방적으로 떠들지는 못할 테니까. 가만히 귀 기울이니, 남자는 돈을 요구하고 있다. 만약 돈을 내놓지 않으면 집에 불을 지르겠다고 협박한다.

"이 씨발년아 좋은 말 할 때 내놔!"

"다른 새끼한테 퍼주는 거지?"

"이런 개 같은 년은 처맞아야 정신 차려!"

나는 무서움에 그만 돌아섰다. 계단을 내려오는데, 송이 엄마의 비명소리와 송이의 울음소리가 어지럽게 들려왔다.

은수저 동네

1

아파트 동네는 주택가 바로 옆에 있다. 도로를 두고 두 동네가 나뉘어져 있는데, 아파트 동네는 달동네에서 내려다보여 아주 어릴 때부터 봐왔던 곳으로 내겐 친숙하다. 그러나 그곳에 가보지는 않았다. 내가 초등학교 들어가기 전까지는. 어릴 때 난 내 동네에만 관심이 있었다. 내가 사는 달동네 하나만으로도 벅찼고, 그때는 어린 꼬맹이 시절이라 다른 동네에 관심 갖고 어쩌고 할 계제가 아니었다. 아무리 아파트가 좋고 멋지다 할지라도. 그런 어느 해 봄날로 기억한다. 그날도 난 동네 여기저기를 짓쑤시고 다녔다. 동네 아이들과 딱지치기하고 공터에서 공차고 술래잡기하고, 도로에서 오가는 차들을 구경했다. 그날 난 아이들에게 처음으로 놀림을 받았다. 뒷집 사는 일수와 도로 옆에 사는 혜미, 그리고 다른 몇몇 아이들한테서.

"원래 고아 애들은 저래!"

"고아 주제에 까불긴!"

"부모 없는 고아 색끼!"

난 숲으로 향했다. 숲은 언제나 조용하다. 사람들 사는 세상처럼 시끄럽고 어수선하지 않다. 숲속 나무들은 말없이 하늘을 올려다보고, 꽃들은 가만히 향기를 내뿜고 있다. 그리고 새들은 모습을 감춘 채 맑게 노래 부르고 있다. 오솔길을 걸었다. 발을 뻗을 때마다 햇빛이 가루처럼 쏟아지고, 바람이 살갗을 부드럽게 어루만진다. 상수리나무 앞에서 멈췄다. 상수리나무는 큰 키에 두 팔을 벌려도 안을 수 없게 둘레가 한 아름이다. 난 상수리나무에 올랐다. 껍질이 사선으로 갈라져 골이 있고 나뭇잎은 긴 타원형으로 가시처럼 톱니가 나 있으며, 열매는 술잔 모양의 깍정이 안에 푸른빛을 띠고 있다. 나무에 오르니 허공에 붕 떠 있는 느낌이다. 새소리가 가깝게 들리고, 향기도 진하게 느껴진다. 고개를 옆으로 돌렸다. 그때 저 아래 아파트 건물이 눈에 들어왔다. 나무 위에서 보아서일까, 그것은 전과 다른 모습으로 다가온다. 숲속 너머 아파트 건물은 마치 거대한 궁전 같고, 그곳은 여기와 다른 세상처럼 보였다.

2

도화지에 난 아파트를 그린다. 가로세로 비율에 맞게 연필로 스케치한다. 그림 그릴 때는 그리고자 하는 건축물의 생김새와 구조를 잘 파악해야 한다. 몇 층짜리 건물인지, 정문은 어디인지, 마감재는 어떻게 나뉘는지 등을. 아파트는 단순하게 생긴 평면을 반복해 쌓아 올린 것으로, 한 건물 안에 100세대가 있다면 거의 같은 구조로 되어 있다. 그러나 구조까지는 몰라도 매일 마주하므로 종이에 담아내는 것은 그리 어렵지 않다. 모양이 큰 사물부터 형태를 그리는데, 아파트를 높게 그린다. 아파트가 쑥쑥 자라 푸른 하늘과 맞닿도록 한다. 그리고 아파트 꼭대기에 해를 그린다. 영원히 지지 않을 눈부신 해를. 그런 다음 크레파스로 색칠을 시작한다. 크레파스는 색을 배합하지 않고, 물도 필요 없어 쉽게 표현할 수 있다. 손에 묻지도 않고 지정된 컬러의 조합으로 구성하므로 많은 고민도 필요 없다. 콘크리트 벽면을 색칠한다. 건물은 딱딱하고 각이 진 물체여서 깔끔하게 칠해 준다. 사용한 색은 연두색과 초록색, 청록색으로 잘 칠해지지 않은 부분은 색연필을 뾰족하게 깎아 제대로 칠한다. 마지막으로 아파트 이름을 적는다. 사람들이 모두 선호하는 건설사 아파트 브랜드명을.

"이거 아파트 그린 거냐?"

옆에서 내 그림을 물끄러미 보던 할머니가 묻는다. 난 그렇다고 했다.

"그릴 게 많은데 왜 하필 이런 걸 그려?"

"아파트가 왜?"

"차라리 꽃이나 나무를 그리지."

"아파트 안 좋아, 할머니?"

아파트를 그린 것이 할머니는 탐탁지 않은가 보다.

"아파트는 예쁘지 않잖아. 멋대가리 없이 크기만 하고……."

집 밖에서도 난 그림을 그렸다. 언덕 위 공터에 앉아 땅 위에 나무 꼬챙이로 아파트를 그린다. 흙 위에 그려도 그림은 살아난다. 흙이 고아 잘 그어지고, 힘을 주면 선명하게 패인다. 밖에 나와 그리니, 못 보던 것이 눈에 들어온다. 아파트에는 창이 달려 있다. 액자 같은 사각형으로, 그것은 똑같은 모양과 크기를 하고 있다. 그래서일까, 아파트는 강가의 모래알처럼 눈부시게 빛났다.

3

아파트 동네는 낮과 밤이 모두 매혹적이다. 낮은 낮대로, 밤은 밤대로 아름답다. 그러나 달동네는 그렇지 않다. 숲을 빼곤 특별한 것이 없다. 낮의 달동네는 흐린 날씨처럼 마냥 우중충하다. 햇빛에 모든 게 고스란히 드러나 꾀죄죄하다. 골목도 꾀죄죄하고 사람들도, 집들도 다 꾀죄죄하다. 그에 비해 밤은 좀 나은 편이다. 밤이 되면 달동네는 어둠과 불빛뿐이다. 골목도, 집들도, 사람들도 모두 어둠 속에 잠겨 있다. 어둠 속에 반짝이는 불빛들, 그러나 왠지 그것은 조잡해 보인다. 그 불빛은 빛나지 않고 허공에 매달려 숨을 헐떡이는 것 같고, 졸려 눈을 껌벅이는 것도 같다.

그러나 아파트 동네는 다르다. 난 턱을 괴고 아파트를 바라본다. 아파트는 하나가 아닌 여러 동이 옆으로, 혹은 뒤로 줄지어 서 있다. 넓은 면적을 차지한 채 하늘을 향해 우뚝 솟아 웅장한 어떤 성벽을 보는 것 같다. 아파트는 남향을 향해 당당하게 서 있다. 밑에서부터 지붕에 이르기까지 같은 크기의 벽체가 수직으로 올라가 있고, 그것은 병풍을 펼쳐 놓은 모습으로 크고 우람하다. 더구나 그 위에는 파란 하늘이 있고, 둥근 해가 눈부시게 빛나고 있다. 밤이면 아파트는 더욱 빛난다. 밤에 아파트를 보았을 때 난 놀랐다. 어두운 밤길을 걷다가 무심코 고개를 돌렸는데, 달동네 아래 휘황찬란한 것이 있었다. 그것은 마치 나무에 트리를 단 것처럼 보이고, 거대한 불덩어리를 보는 것도 같다.

"할머니, 저게 뭐야?"

"뭐긴 뭐여, 아파트지."

"근데 아파트 같지가 않아."

"밤이니까 사람들이 불 켜서 그랴."

"우리 동네랑은 달라."

"다르지, 그럼."

"왜 달라?"

"몰라서 묻는 겨. 우리 동넨 판자촌이잖아, 근데 아파트는 그게 아니고……."

난 걸으면서도 아파트 불빛에서 눈을 떼지 못했다. 아파트 불빛은 화려하다 못해 찬란하고, 하늘을 물들이는 붉은 노을처럼 그것은 자못 환상적이었다.

4

내가 다시 아파트 야경을 본 것은 동네 공터에서다. 난 할머니를 마중하기 위해 구멍가게 앞 공터로 갔다. 공터에는 아이들이 바닥에 그어 놓은 금이 있고 돌과 딱지, 작은 공, 나무막대기, 거친 발자국 등 낮에 논 흔적이 희미하게 드러나 있다. 난 공터 맨바닥에 철퍼덕 앉았다. 하늘에는 달도 없어 주위는 깜깜하다. 세상에는 오직 어둠만이 존재하는 것 같다. 그러나 달동네 아래는 그렇지 않다. 그곳 역시 어둠이 내려앉았지만 여기와는 사뭇 다른 모습이다. 어둡긴 하되 불빛이 반짝이고 있다. 난 신기한 무엇을 발견한 듯 아파트를 멍하니 바라보았다. 아파트는 불빛으로 가득 차 있고, 그것은 건물 밑에서부터 꼭대기까지 고루고루 퍼져 있다. 문득 궁금증이 일었다. 저 아파트에는 누가 살까, 어떤 사람들이 저 안에 사는가. 난 가늘게 숨을 내쉬었다. 그들은 어떤 이들이기에 저곳에 살까. 아마도 어린아이를 둔 젊은 부부가 살고 있겠지. 돈이 많고 사랑이 가득한 가족들과 함께. 나는 눈을 감고 상상의 나래를 펴기 시작한다. 거실 위쪽에 밝고 환한 주방이 있다. 조명은 거실에서부터 이어져 주방을 더 따스하게 만든다. 주방 옆에 식탁이 놓여 있다. 원목 테이블로, 견고한 원형 상판 프레임과 곡선의 다리가 특징이다. 식탁에 가족들이 둘러앉아 있다. 엄마와 아빠, 그리고 어린 남자아이다. 식탁은 반찬이 가득하다. 각종 채소와 해산물, 생선조림, 감자조림, 야채 계란말이, 도라지 튀김, 무화과 샐러드 등이 놓여 있다. 각자 뿜어내는 다채로운 색감들이 식욕을 자극시킨다.

"학교에서 오늘 뭐했니?"

엄마가 남자아이에게 묻는다.

"그림을 그렸어요."

"어떤 그림을 그렸니?"

"우리 가족이 캠핑 가서 놀았던 걸 그렸어요."

"그림을 보여줄 수 있니?"

그러자 남자아이는 얼른 방에 들어가 스케치 북을 들고 나온다.

"이걸 네가 그렸다고?"

스케치 북을 본 엄마는 놀란 표정을 짓는다.

"별이 아빠, 이것 봐요. 이걸 별이가 그렸대요."

"와아, 정말 잘 그렸구나! 그림에 스토리도 있고……."

남자아이 가족은 주말마다 1박 2일 일정으로 캠핑을 간다. 저번 주말에도 갔다 왔는데, 목적지는 멀리 떨어진 인적이 드문 계곡이다. 그곳은 기암절벽과 바위 사이로 자란 소나무와 참나무가 많고, 맑은 물속을 들여다보면 은어, 버들치, 열목어 등 일급수 어종이 있고 돌 밑에는 가재와 다슬기도 볼 수 있다. 계곡에서 제일 가까운 곳에 텐트를 쳤다. 남자아이는 옆에서 구경한다. 바닥의 습기와 냉기를 차단하기 위해 방수포를 설치하고, 이어 폴을 연결한다. 기둥이 되는 큰 폴부터 설치하는데 폴을 다 연결해 끼운 후, 몸체의 고리를 폴에 차례로 걸어준다. 그다음은 팩을 이용해 텐트를 박아 주기. 바람에 안 날리고 안정된 텐트를 위해 사각형 각 끝 모서리부터 팩을 당겨 박는다. 그러나 팩이 잘 안 박혔다. 팩이 3개나 휘어진 끝에 집이 완성되었다.

"엄마 몸을 날씬하게 그렸네. 피부도 뽀사시하게 해주고."

엄마는 색채가 예쁘다고 칭찬한다.

"아빠는 디테일하게 그렸군."

남자아이는 아빠 목에 있는 점을 그리고, 안경에 비친 빛까지 리얼하게 그렸다.

"별이는 누굴 닮아 그림을 잘 그릴까?"

"엄마요."

"내가 아니고?"

아빠가 서운한 표정을 짓는다.

"아니, 아빠요. 아니, 아니 엄마 아빠 다 닮았어요."

남자아이는 처음 엄마 아빠를 그릴 때 동그라미에 점 몇 개를 찍기만 했다. 그러나 이제는 표정이라든지 행동까지 표현해낸다. 남자아이의 그림 실력은 날로 발전해 입체적이고, 그리고 남다른 개성이 있다. 엄마는 남자아이가 그린 그림으로 캠핑 문패를 만든다. 텐트 앞에 걸어두면 문패를 보고 사람들이 찾아오리라.

5

초등학교 예비소집일 날이었다. 난 할머니 손을 잡고 예비소집 장소인 초등학교로 향했다. 초등학교는 아파트 동네 앞에 위치해 있고, 그래서 아파트에 사는 아이들은 엎어지면 바로 코 닿을 데에 있었다. 운동장을 가로질러 강당에 들어가니, 거기에 아이들과 아이들 엄마들이 모여 있었다. 할머니와 온 아이는 나 혼자뿐이지만 그때는 어려서 창피한 줄 몰랐다. 얼마 후, 학교 선생님으로 보이는 사람이 아이들에게 줄을 서라고 했다. 모두 모여 줄 서는 게 아니고 동네별로 서게 했다. 강당에 동네 이름이 적힌 팻말이 보였다. 달동네인 우리 동네와 주택가 동네, 아파트 동네가 있어 아이들은 자기 동네 팻말 앞에 줄을 섰다. 난 그때 처음 알았다. 동네에 따라 아이들이 다르다는 것을. 우리 동네 아이들과 아파트 아이들은 피부부터 달랐다. 우리 동네 아이들은 피부가 누런데 아파트 아이들은 뽀얗다. 우리 동네 아이들은 옷도 낡았다. 겉이 헤지고 잘 맞지도 않은 점퍼를 몸에 걸치고 있다. 엄마들은 또 어떤가. 엄마들은 거친 피부에 주름살이 많아 실제보다 나이 들어 보이고, 옷도 난전에서 산 것처럼 허름하고 우중충하다. 그러나 아파트 아이들은 손톱이 잘 정리돼 있고 값비싼 패

딩과 양털 코트, 가죽 재킷 등을 입고 있다. 엄마들도 피부에 윤기가 흐르고 몸에 적당한 액세서리를 하였으며, 옷은 재질이나 디자인이 좋아 보였다.

   이날 예비소집일은 취학통지서를 제출하고 입학 안내 서류와 그 밖의 필요 서류를 받아 오는 것으로 끝이 났다. 학교 안을 살펴볼 시간을 줘 다른 아이들은 일정을 마치고 엄마와 함께 교실과 음악실, 과학실, 컴퓨터실 등을 둘러보았으나 할머니와 난 곧바로 집으로 돌아왔다. 그때 난 어렴풋하게나마 느꼈다. 초등학교에 들어오는 순간 아이들은 이미 각자 다른 출발선에 서 있다는 것을.

6

   초등학교를 다니게 되면서 난 세상에 대해 눈을 뜨기 시작했다. 초등학교에 들어가기 전의 세상과 초등학교에 들어간 뒤의 세상은 다르다. 그것은 내게 많은 혼란을 주었다. 학교에는 여러 동네 아이들이 뒤섞여 있다. 달동네 아이들과 주택가 아이들, 아파트 아이들, 그리고 드물긴 하나 고급 빌라촌에 사는 아이들이 있다. 그러므로 학교에는 여러 계급의 아이들이 있다. 하류층 아이들부터 부티가 좔좔 흐르는 상류층 아이들까지.

   하루는 선생님께서 우리에게 숙제를 내주셨다. '우리 집 아빠

차 소개하기'란 숙제로 아빠가 갖고 있는 차에 대해 써오라고 했다. 그것은 질문지 형식이었는데 차의 이름과 차의 번호, 차의 색깔, 차를 탔을 때의 느낌, 차 타고 간 곳 중에 기억에 남은 곳, 마지막으로 차의 사진을 붙이기 등 크게 6개 항목으로 이루어져 있다. 난 숙제를 어떻게 해야 하나 고민했다. 차가 있어야 숙제를 할 수 있는데, 집에 차가 없다. 거기다가 난 아빠도 없다. 숙제를 하고 싶지만, 숙제를 할 수 없는 상황이다. 난 할머니한테 도움을 청했다.

"선생님이 왜 이런 숙제를 내 준다냐!"

할머니는 목소리를 높였다.

"할머니, 그럼 나 숙제 못하는 거지?"

"이러면 어디 할 수가 있남."

할머니는 한숨을 푹 내쉬었다. 그러면서 할머니는 선생님이 생각이 짧으신 분이라고 했다. 누구나 다 있는 게 아니고 차가 없는 집도 있으니, 그런 부분을 세심히 살펴 아이들에게 숙제를 내줘야 하는데 선생님이 그러지 못했다는 것이다. 그리고 차 이름을 적고 차 사진까지 붙이는 것은 부모가 잘 사는지 못 사는지 알게 되어, 아이들을 차별한다고 했다. 할머니 말은 맞았다. 그때 초등학생 사이에서 수저 계급론이 퍼졌는데, 집의 크기나 부모의 재산 혹은 평소 사용하는 학용품이나 스마트폰과 같은 전자제품 등에 따라 아이들을 흙수저, 은수저, 금수저 등으로 분류해 부르고 있었다. 아이들은 수저 색깔에 따라 어울리는 무리도 달랐다. 흙수저는 흙수저끼리, 은수저는 은수저끼리 어울렸다. 그러다 보니 사는 동네를 수저 색깔로 불렀다. 달동네는 흙수저도 못 돼 똥수저 동네가 되고, 주택가는 흙수저 동네, 아파트는 은수저 동네, 그리고 고급 빌라촌은 금수저 동네로 불렀다.

아이들한테 주로 놀림감이 되는 것은 우리 동네다. 아이들은 똥수저 동네가 어떻다고 하며 자기들끼리 수군대고, 달동네 아이들에게 똥수저 새끼들이라고 욕했다. 그리고 우리에게 더럽다고 하고, 가까이 못 오게 했다. 그래도 우리는 아무 말 못했다. 다른 동네 아이들이 싸움을 잘하기 때문이다. 하지만 일수는 가만있지 않았다. 놀리면 같이 놀려주고, 욕하면 같이 욕했다. 그러다가 주택가에 사는 현수와 싸움이 붙게 되었다. 현수는 일수보다 키가 크고 덩치도 컸다. 그리고 깡도 만만치 않았다.

"이 색끼야, 내가 뭐 틀린 말 했냐?"

현수는 일수를 노려보았다.

"우리 동네 욕하지 마!"

"그건 내 맘이야."

"좋은 말 할 때 하지 마!"

"존나 미친 개미 똥구멍 같은 자식!"

"지랄하네, 미친 자식!"

"이 개색끼가 정말……."

현수가 먼저 주먹을 날렸고, 싸움은 순식간에 벌어졌다. 쉬는 시간이라 주위에 아이들이 몰려들었다. 그리고 편이 갈려 달동네 아이들은 일수를 응원하고, 주택가 아이들은 현수를 응원했다. 아무래도 힘에서는 일수가 밀렸다. 현수가 밀착해 들어오면 힘을 못 썼고, 그런 상태에서 펀치가 날아오면 고스란히 맞았다. 그러나 일수는 맷집이 좋았다. 한 대 맞고서도 주먹을 날렸다. 그렇게 둘이 치고받다가 일수가 발로 배를 찼고, 현수가 주춤하는 사이 잽싸게 얼굴을 가격했다. 순간 현수는 코피를 쏟으며 자리에 주저앉았다.

7

달동네에서 주택가로 이사 왔지만 사실 신분의 변화는 없었다. 똥수저 동네나 흙수저 동네나 내내 그거지만, 그래도 둘 사이에는 엄연한 차이가 있고 신분이 한 단계 상승했으므로 같은 밑바닥층일망정 나로서는 똥수저보다 흙수저로 불리고 싶은데, 그게 생각한 대로 되지 않았다. 따지고 보면, 동네만 바뀌었을 뿐 달라진 것은 없다. 물론 동네가 바뀌고 집이 바뀐 것은 큰 변화에 해당된다. 실질적으로 그것은 내가 느낄 수 있는 확실한 변화이기도 하다. 그러나 현실은 그것 빼고 그대로였다. 할머니는 변함없이 수레를 끌고, 몸이 아파도 병원에 못 가고, 공과금도 제때 못 내며 반찬은 여전히 김치와 고추장이 전부고, 내 옷은 거리에서 주워온 옷들이다. 그런데다가 난 주택가 지하에 살고 있다. 지상이 아닌 습기로 가득한 어두운 땅속에.

교과서에서 배웠던 인간은 평등한 존재다, 직업에는 귀천이 없다고 했으나 현실적으로 그것은 맞지 않았다. 어른들뿐만 아니라 아이들 세계도 계층 간 차별이 있고, 그와 함께 소유한 물질로 서로를 차별한다. 물론 아이들은 상대가 만만하면 차별을 한다. 싸움을 못한다든지 공부를 못하거나 얼굴이 못생기고 싹수가 없고 몸에 장애가 있으면 차별한다. 그러나 아이들의 차별은 부모의 경제력에 좌우되기도 한다. 부모 재력이 높은 애들은 학급 내에서 힘을 행사하며 아이들을 지배하거나, 성적이 낮은 애들을 무시하며 못살게 군다. 사실 입고 다니는 모양새만 봐도 그 애 집이 어떻게 사는지 드러난다. 그런데도 아이들은 내게 묻는다. 너희 집 어디야? 너희 아빠 직업은 뭐야? 난 그때마다 가슴이 덜컥 내려앉는다. 난 왜 가난할까. 가던 걸음을 멈추고 잠시 생각에 잠긴다. 왜 잘 살지 못할까. 아니, 왜 이리 차별 받아야 하나. 난 어디론가 숨고 싶어진다. 아무도 없는, 아무도 찾을 수 없는 곳에서 숨어 있고 싶다.

어느 날, 선생님은 우리에게 또 숙제를 내주었다. '우리 집 자랑거리 써오기'란 숙제였다. 난 우리 집 자랑거리가 무엇일까 생각해 보았다. 전 같았으면 금방 뭐라도 떠오를 텐데 떠오르지 않았다. 난 집안을 둘러보았다. 밥솥과 냉장고가 눈에 띄었으나,

그게 우리 집 자랑거리가 될 수 없었다. 방에는 오래된 가구와 낡은 TV, 잡다한 물건들이 많다. 그러나 거기에도 자랑거리로 내세울만한 게 없다. 난 할 수 없이 할머니한테 말했다.

"이런 숙제를 왜 자꾸 내 준다냐!"

할머니는 한숨을 내쉬었다.

"우리 같은 집에 자랑할 게 뭐가 있다고……."

난 마땅한 게 없어 미술 세트를 우리 집 자랑거리로 적었다. 붓과 물감, 연필, 지우개, 크레용, 사인펜, 색연필 등으로 구성된 미술 세트인데 그것도 돈 주고 산 게 아니고 할머니가 고물을 줍다가 눈에 띄어 가져온 것이다. 달동네 아이들을 제외하고 다른 아이들 숙제는 거의 비슷했다. 집과 자동차와 전자제품 등을 자랑거리로 적었다. 그런데 거기에는 차이가 있다. 주택가 아이들은 마당과 화단을 자랑거리로 적었지만, 아파트 아이들은 넓은 거실과 베란다를 자랑거리로 적었다. 자동차 역시 크기와 종류에서 차이가 나고, 전자제품인 경우도 마찬가지다. 주택가 아이들은 중형 TV를 자랑거리로 들었지만 아파트 아이들은 대형 TV를 자랑거리로 내세웠다. 그런 숙제가 있고 난 뒤, 아파트 아이들은 자기들끼리 서로 물었다.

"너희 집은 몇 평이야?"

"우리 집은 40평대."

"너희 집은?"

"우리 집은 50평대."

그러나 대형 평수가 아닌 소형 평수에 사는 아이도 있었다. 그러자 대형 평수에 사는 아이들이 소형 평수에 사는 아이를 놀렸고, 무리에서 그 애를 왕따시켰다. 난 그날 밤 금수저 열 개를 받는 꿈을 꾸었다. 수염이 긴 할아버지가 나타나 금색 보자기로 포장한 상자 속에서 내게 금수저를 꺼내 주시는 거였다. 난 믿기지 않았다. 할아버지가 누구인지, 무엇 때문에 내게 금수저를 주시는지 알 수 없었다. 이유를 묻고 싶었지만, 혹시라도 뭐가 잘못돼 도로 가져갈까 봐 입이 안 떨어졌다. 그러나 눈을 떴을 때 꿈이라는 것을 알고 맥이 빠졌다.

8

내가 처음 아파트 동네를 간 것은 역시 고물 때문이다. 그렇다고 아파트 단지 안에 들어가 고물을 주은 것은 아니다. 아파트 단지는 고물 줍기가 허용되지 않는다. 아파트 단지는 전문 수거업체와 계약해 단지 내 폐지를 비롯한 폐기물을 처리하도록 되어 있다. 단지 안에 쓰레기 집합장이 있어 주민들이 그곳에 재활용품을 버리면 전문 수거업체가 주기적으로 처리해 주는 시스템으로, 개인은 재활용품에 손을 댈 수 없다. 그래서 할머니와 난 그 안에 발도 못 붙이고, 다만 아파트 단지 주변만 맴돌았을 뿐이다. 할머니가 폐지 줍는 일을 시작한 것은 이것 말고 일이 없기 때문이다. 고령이다 보니, 청소부 같은 허드렛일도 힘이 달려 할 수 없다. 그렇다고 가만히 놀 수는 없는 노릇이다. 생계를 위해 무슨 일이든 해야 할 판인데, 그때 폐지 줍는 일이 눈에 들어왔다. 그것은 여러모로 할머니와 잘 맞았다. 당장 시작하기 쉬울 뿐 아니라 특별한 기술이 없어도 되고 즉시 현금을 받을 수 있으며, 시간을 자유롭게 쓸 수도 있다. 할머니는 비가 오나 눈이 오나 폐지를 주웠다. 몸이 아파도 수레를 끌었는데, 언제나 이른 새벽에 일어나셨다. 난 할머니에게 새벽에 일어나면 졸리지 않느냐고 물었다. 그러자 할머니는 빨리 나가 일해야 생선이라도 사 먹고, 라면값이라도 벌 수 있지 않느냐고 했다.

아파트 동네는 대로변에 단지들이 길게 조성돼 있다. 각 단지는 독립적이지만 서로 연결돼 하나의 단지처럼 여겨진다. 모든 단지는 자연환경과 연계해 친환경 단지로 조성돼 있는데, 대부분 세대가 남향과 남동향, 남서향으로 배치돼 채광이 우수하고 산언덕 위 숲의 아름다운 조망이 가능하다. 아파트 동네는 주택가와 달리 입지가 좋다. 주택가에 없는 전철역과 백화점, 도서관, 종합병원 등이 있다. 전철역은 코앞에 있고, 학교 역시 걸어서 다닐 만큼 가까운 곳에 초등학교뿐 아니라 중학교와 고등학교가 있다. 도시계획 상 넓고 반듯한 길로 공간이 연결돼 있고 각 공간은 공원, 주차장, 공공건물, 주거 공간, 상업 공간 등 용도가 명확하게 구분돼 있다.

아파트 단지에는 공원이 조성돼 있다. 주택가 공원 같은 경우 놀이터와 운동 시설만 있는데, 이곳은 그것뿐 아니라 산책로와 잔디밭이 꾸며져 있다. 산책로는 적당히 자란 나무가 드문드문 서 있고, 바닥이 우레탄 재질이라 울퉁불퉁한 느낌이 없어 걷기가 좋다. 잔디밭은 공원 한가운데 자리 잡고 있으며, 넓고 경사가 져 있어 마치 푸른 초원을 연상케 한다. 잔디밭에 토끼가 뛰놀고 있다. 사람들이 다가가도 무서워하지 않는다. 사람들은 잔디밭에 앉아 있거나 돗자리를 펴고 누워 있다. 공원에는 나이든 노인들도 보인다. 노인들은 말쑥한 정장 차림을 하고 있다. 주택가 노인들과 달리 여유 있는 모습으로, 벤치에 앉아 차를 마시고 휴대폰으로 풍경 사진을 담는다.

아파트 동네는 꽤나 번화한 분위기다. 그러나 번잡하지 않고 적당히 생기 있게, 주거지에 맞게 번화한 느낌이다. 아파트 사이에 상가들이 있는데, 주민들이 이용하기 편리한 상권들이 형성돼 있다. 하지만 술집들은 찾아볼 수 없다. 자녀를 키우기에 좋은 상권들만 들어와 있다. 아파트 단지와 아파트 단지 사이에 있는 먹자골목, 그곳은 길이 널찍하다. 주택가는 골목이 좁은데 여기는 차도와 인도가 구분돼 있다. 사람들도 다르고, 분위기도 많이 다르다. 젊은 층부터 중장년층까지 다양한 연령대의 사람들로, 그들의 옷차림은 산뜻하고 표정도 밝다. 골목에는 식당이 많고 카페와 편의점, 뷰티샵 등 크고 작은 상점들이 있다. 그중에 모던하고 아기자기한 느낌의 가게가 눈에 들어온다. 적당한 크기의 가게 안은 오렌지 컬러의 벽에 귀여운 글씨가 쓰여 있다. 다른 한쪽 벽에 빔을 은은하게 쏘고 테이블에는 식기가 세팅돼 있으며, 구석진 테이블에 멋진 조명들이 자리하고 있다.

피자 가게 앞에서 할머니는 멈췄다. 초록색 외관으로, 매장 내부는 그리 넓지 않다. 아마 포장과 배달을 전문으로 하는 가게 같다. 할머니는 문을 밀치고 안으로 들어간다. 그리고 얼마 후, 많은 폐지 박스를 들고 나왔다. 폐지 박스는 길거리에 있는 것과 달리 깨끗하고 반들반들하다. 폐지 박스를 리어카에 싣고 할머니는 가게 안을 청소한다. 할머니는 피자 가게 주인과 폐지 박스를 수거해 가는 조건으로 가게에 도움을 주기로 했다. 그것은 일종의 계약이다. 폐지 박스를 독점적으로 공급받는 대신 청소를 해주는 단골 계약으로, 부당하긴 해도 그편이 여러모로 좋다. 피자집은 치즈나 재료들이 들어와 폐지 박스가 꽤 많다. 작은 가게지만 결코 무시할 수 없다. 할머니는 기꺼이 수용했다. 거리에서 몇 시간 헤매느니, 청소를 해줄망정 지정된 장소에서 수거하는 것이 낫다. 경기불황으로 폐지 줍는 노인들이 많아 이 일도 경쟁이 치열하다. 폐지는 한정돼 있는데 줍는 사람들이 많아서, 하루라도 고물 수거에 소홀하면 다른 사람에게 구역을 빼앗기게 된다.

골목을 나오자 큰 도로와 함께 대형 건물들이 눈에 들어온다. 6차선 대로를 중심으로 좌우측으로 종합 병원과 대형 마트, 대형 스포츠 센터, 대형 복합 쇼핑몰 등이 있다. 큰 건물들은 전철역과 지하로 연결돼 있으며 지하층은 서점과 카페, 옷가게, 영화관 등 복합 상가로 젊은이들이 많이 찾는다. 큰 도로변에 KFC와 버거킹, 맥도날드, 맘스터치가 있고 각종 체인점 카페도 있다. 그리고 그곳에는 아파트 단지를 끼고 학원이 쭉 들어서 있다. 1층은 대부분 상가이고 2층부터 학원이 운영되고 있는데, 초등 대상의 영수 학원과 예체능 학원이 있고 중·고등 대상의 소규모 단과 보습 학원과 종합 학원, 입시전문 학원이 있다. 대형 프랜차이즈 학원인 경우 한 건물 전체를 다 사용하고, 학원 강사의 얼굴을 창문에 내걸기도 했다. 일대일, 소수 정예 학원도 많다. 학원이 많이 몰려 있는 만큼 학원 건물 내에 스터디 카페와 독서실도 있다.

  할머니는 학원이 있는 한 건물 안으로 들어갔다. 엘리베이터를 타고 2층으로 올라가자 곧바로 학원이 나온다. 문과 창문이 통유리로 되어 학원 로비가 보인다. 로비는 천장과 벽면이 파스텔톤이고, 바닥은 화사한 그레이 컬러로 깔끔하다. 그때 안에서 젊은 여자가 문을 열고 나왔다.

"오셨어요, 할머니."

젊은 여자는 웃으며 할머니께 인사한다.

"잠시만 기다리세요."

그녀는 그렇게 말하고 다시 안으로 들어간다.

"할머니, 여기 아는 곳이야?"

"그럼, 알고말고."
"여기 학원이잖아?"
"그려."
"학원에 폐지 있어?"
"응, 있어."
"매일 와?"
"매일은 아니고 일주일에 한 번."

할머니 말에 의하면 학원은 폐지가 많다고 한다. 학생들이 다 본 학습지나 문제집, 시험지, 답안지 등은 물론 일주일치의 신문도 나온다. 할머니는 젊은 여자에게 부탁했다고 한다. 일주일에 한 번 올 테니 학원에서 나오는 폐지를 달라고.

"할머니, 여기요."

젊은 여자가 폐지가 담긴 박스 두 개를 가져왔다.

"고마워, 아가씨!"
"두 개 더 있어요."
"아유, 오늘은 많네."
"네, 시험 봐서 좀 많아요."

할머니는 젊은 여자를 따라 안으로 들어갔다. 난 유리문을 통해 학원 안을 보았다. 로비 안쪽에 책상이 있고 옆으로는 물건을 수납할 수 있는 하부장이, 중앙에는 여유 있는 크기의 테이블이 놓여 있다. 로비 끝에 강의실 모습도 보인다. 반듯한 사각형 형태의 강의실로, 앞에 모니터와 칠판이 있고, 민트 컬러의 벽에 역시 민트 컬러의 벽선반이 있다. 강의실에 내 또래 아이들이 있다. 영어 수업인지 영어로 말하는 소리가 들린다.

갑자기 학원을 다니고 싶은 마음이 든다. 학원을 다니면 공부를 잘할 수 있을 것 같고, 수업 시간이 재미있을 것 같다. 난 강의실을 멍하니 바라본다. 강의실 모습이 꿈처럼 느껴진다. 아이들은 뭐가 즐거운지 환하게 웃고, 학원 선생님의 질문에 모두 손을 번쩍 든다. 정말 학원에 다니고 싶다. 학원 다니고 싶은 마음이 하늘만큼 땅만큼 가득하다. 있는 집 아이들뿐만 아니라 주택가 아이들도 학원 한두 개는 기본적으로 다닌다. 아이들 스케줄을 보면 진짜 바쁘다. 하교 후 태권도 학원과 영어 학원, 수학 학원, 미술 학원 등 중간에 틈도 없이 이어지고 집에 오면 학습지 수업이 있어 하루가 바쁘게 채워져 있다. 하지만 내게 학원이란 그저 멀리 바라보기만 해야 한다. 그것은 저 하늘의 달과 같은 존재다. 학교에 가면 아이들은 학원 얘기를 한다. 태권도 학원에서 파티를 했다는 둥, 영어 학원 역시 이벤트로 피자 파티했다며 즐거워한다. 학원에 안 다니면 별종 취급당하고 대화에 끼일 수 없으며, 자칫하면 왕따를 당할 수 있다. 난 힘없이 고개를 떨구고 내려다본다. 유리문 밖에 있는, 후줄근한 모습의 낯선 나를. 그러자 왠지 우울해진다. 내 자신이 한없이 작아지는 느낌이다. 마치 바닷가 백사장의 수많은 모래알 중에 하나가 된 것처럼. 왜 난 강의실에 못 있는 걸까. 아이들과 함께 있으면 안 되는 건가. 저 아이들은 부자고 난 그렇지 못해서…….

"아유, 고마워!"

얼마 후, 할머니와 젊은 여자가 박스 하나씩 들고 나왔다.

"고맙긴요."

"자, 이거."

할머니는 준비한 요구르트 한 줄을 젊은 여자에게 건넨다.

"아니에요, 할머니. 손자랑 같이 드세요."

그녀는 받지 않으려 한다.

"고마워서 그러니 받아! 우리도 있어!"

할머니는 엘리베이터 문을 급하게 닫았다.

9

아파트에 사는 아이 중에 윤우라는 아이가 있다. 윤우는 공부를 잘하고, 태권도와 검도를 배워 운동도 잘한다. 윤우 아버지는 대기업 과장이며, 어머니는 시청에 다니는 공무원이다. 윤우와 친하게 지낸 계기는 고양이 때문이다. 그날도 수업 마치고 학교 운동장을 가로질러 갔다. 학교 운동장은 아스팔트 대신 모래가 깔려 있는데 그 모래에 닿는 발의 감촉이 좋았다. 뭐랄까, 발이 부드럽고 가벼워지는 느낌이다. 밟으면 눈 위를 걷는 것처럼 폭신하고 뿌드득뿌드득 소리가 난다. 운동장에 아이들이 있다. 축구 골대가 있는 곳에 아이들 몇 명이 모여 뭔가를 바라보고 있다. 좀 더 가까이 가고 나서야 알았다. 축구 골대 그물에 고양이가 걸려 있었다. 녀석은 마치 그물에 걸린 한 마리 토끼처럼 온몸이 칭칭 감겨 있고, 거기서 벗어나려고 용을 쓰고 있으나 그럴수록 그물은 올가미처럼 더욱 몸을 옭아매고 있었다. 난 녀석을 애처롭게 바라보았다. 비를 맞아 몸이 흠뻑 젖고, 얼굴과 발에서는 피가 난다. 아이들은 고양이를 구해주려고 했다. 그러나 야행성이 강해 못 오게 하악질을 해댔다. 순간 봄이가 생각났다. 달동네에서 길냥이로 외롭게 살아가는 봄이가. 그와 함께 녀석을 어서 구해야겠다는 생각이 들었다. 가방 속에서 가위를 꺼냈다. 안전캡이 있는 스틸가위로, 고양이한테 다가가자 윤우가 날 도왔다. 윤우는 녀석을 달래다가 재빨리 잡았고, 그 사이 난 가위로 그물을 잘라 고양이를 구해 냈다.

"우리 아파트 갈래?"

고양이를 구조하고 나서 윤우가 물었다. 알고 보니, 윤우는 동물을 좋아했다. 고양이는 아니지만 집에 애완견을 키우고 있다.

"너네 아파트?"

"그래."

"아파트엔 왜?"

"놀이터에서 놀자."

"너 학원 안 가?"

"오늘은 가지 않아."

수저 계급론으로 반에서 놀림을 받지 않는 것은 아파트 동네 아이들이다. 반 아이들이 사는 아파트는 소득이 높은 중상류층이 사는 단지로, 그들 중에 부모 직업과 연봉으로 볼 때 금수저라 할 수 있는 집도 있다. 주택가 아이들과 아파트 아이들은 다르다. 그것은 옷차림과 신발, 갖고 있는 학용품에서 뚜렷하게 드러난다. 다니는 학원에서도 차이가 나 주택가 아이들이 학원 한두 개를 다니면, 아파트 아이들은 두 개 이상 다닌다. 미술, 피아노, 수영, 발레 같은 예체능 과목도 다니기 때문이다.

윤우를 따라간 곳은 3단지 아파트로, 단지 내에 상가가 형성돼 있다. 지하에 마트가 있고 지상에는 편의점과 미용실, 정육점, 반찬가게, 피아노 학원 등 외부로 나가지 않아도 이용할만한 데가 곳곳에 있다. 단지 앞에도 상가가 길게 나 있다. 작은 병원이 있고 은행과 약국, 식당, 치킨집, 무인카페, 영어 학원 등 다양한 상권이 있다. 난 윤우와 함께 아파트 단지 안으로 들어갔다. 단지 출입구에 밝은 베이지색 타일로 마감된 화려한 조형물이 있는데 왼쪽 기둥에는 단지명이, 오른쪽 위쪽에는 아파트 로고가 새겨져 있다. 아파트 단지에 들어서니, 차 소리도 없고 조용하다. 아파트는 네모 모양의 건물로 똑같은 형태의 집이 층층이 높게 쌓여 있는 구조로, 직접 와서 보니 그것은 생각보다 거대하다. 웅장한 천 길 낭떠러지 절벽 같은 것이 가로로 혹은 세로로, 그리고 줄지어 서서 우뚝 솟아 있다. 아파트 건물은 4층까지는 대리석으로 시공하고, 그 위층에는 다른 소재의 돌출형으로 멋스런 외관을 자랑한다. 3단지는 여유 있는 공간과 시원한 뷰를 제공하고, 전원주택처럼 넓은 테라스를 갖추고 있다. 단지 내 나무가 많고 동간 거리도 넓으며, 조형물과 조경이 한 폭의 사진처럼 조화가 잘 되어 있다. 아파트 안에는 차가 보이지 않는다. 나중에 알았지만, 지상으로는 아예 차가 다니지 않는다. 지하 주차장만 운영하고 있으며, 단지 입구에서 바로 지하 주차장 출구가 나 있어 지상은 쾌적한 환경을 자랑한다.

각 동은 가운데 공동 편의 시설을 두고 ㅁ자형으로 조성돼 있는데 작은 운동장과 체육 시설이 눈에 띄고, 곳곳에 정자 쉼터와 벤치를 설치해 놓았다. 어린이집과 맘스 라운지, 피트니스 센터, 실내 골프 연습장, 키즈 플레이 센터 등 여러 커뮤니티 시설이 잘 되어 있다. 주변은 곳곳에 산책로와 단지 둘레로 오솔길이 나 있고, 한쪽에 연못도 있다. 물이 깨끗한 연못은 마치 강처럼 물고기들이 헤엄치고 있다. 잉어와 열대어가 살고 거북이와 자라도 보인다. 날이 좋아선지 돌 위에 거북이가 등을 말리고 있다. 큰 거북이는 위를, 작은 거북이는 아래를 차지하고 있다.

놀이터는 동과 동 사이에 있었다. 그것은 크고 넓었는데 놀이기구가 많고, 관리 상태도 좋았다. 아파트 놀이터는 주택가 놀이터와는 많이 달랐다. 주택가 놀이터는 장소가 협소하고 지저분했다. 바닥에 과자 부스러기가 박혀 있고 돌과 빵 봉지, 플라스틱 조각 등이 나뒹군다. 구청에서 관리해도 그때뿐으로, 여기저기 생활 쓰레기가 아무렇게나 버려져 있다. 놀이 기구는 또 어떤가. 그네와 미끄럼틀 두 대로 구색만 갖추어져 있고, 그것도 오래돼 녹이 슬어 있다. 아이들은 놀이 기구를 타면서 침을 뱉고 입에 무슨 걸레를 물고 있는 듯 말끝마다 욕이다. 놀이 기구도 거칠게 다뤄 그네 하나에 네 명이 올라타고, 그네를 꼬아 타다 회전을 하는가 하면 그네가 높이 올라갈 때 뛰어내리기도 한다. 미끄럼틀 탈 때도 마찬가지다. 엎드려 타고 앞에 아이가 나가지도 않았는데 위에서 내려온다.

"넌 어떤 걸 좋아해?"

윤우가 놀이 기구를 보며 물었다.

"난 미끄럼틀."

아파트 놀이터에 여러 놀이 기구가 있다. 조합 놀이대와 그물망 터널, 고릴라 짚라인, 회전 놀이기구, 거북 모양의 그네, 얼룩말 모양으로 만들어진 흔들목마 등이 있다. 바닥은 모래가 깔린 주택가 놀이터와 달리 푹신한 고무 재질의 매트로 되어 있다. 그러나 놀이터 구석에 모래판이 별도로 마련돼 있다. 모래는 곱고 부드러운 느낌으로 바닷가 모래를 만지는 것 같고, 실제로 모래를 파다 보면 조개껍데기가 드러난다. 그곳에서 어린아이들이 모래 놀이 세트인 장난감으로 성을 쌓고, 손으로 모래를 만지며 논다. 놀이터 한쪽에 보호자가 차를 마시고 휴식을 취할 수 있는 티하우스도 있다.

놀이터에는 아이들이 많지 않다. 몇 명이 놀고 있을 뿐이다. 난 그네를 탄 다음 조합 놀이대로 갔다. 조합 놀이대는 공룡 시대를 표현하고 있는데 공룡 화석 그림과 공룡 알, 공룡 모형 등으로 꾸며져 있다. 조합 놀이대는 미끄럼틀이 사방으로 달려 있다. 그것은 높은 것도 있고 낮은 것도 있고, 빙글 도는 것도 있어 타고 놀기에 재미있을 것 같다. 난 처음에는 터널이 없는 곳에서 미끄럼틀을 탔다. 터널이 있는 미끄럼틀은 처음이라 왠지 두려웠다. 그러나 윤우는 터널에 있는 곳에서 탔다. 터널이 있는 곳은 길이가 길고, 곡선으로 되어 아래로 내려오는 데가 안 보인다. 난 용기를 냈다. 생각보다 터널은 속도가 빠르다. 눈을 감으며 비명을 질렀으나, 그럼에도 마냥 신났다. 터널이 있는 미끄럼틀을 다시 타려고 할 때다. 몸이 뚱뚱한 나이든 여자가 놀이터 안으로 들어왔다.

"너 어디 살아?"

나이든 여자는 날 빤히 쳐다보았다.

"저요?"

"그래, 너!"

"저 너머 산동네에 사는데요."

"뭐 산동네? 그럼 달동네 사는 애 아냐. 달동네에 사는 애가 여긴 왜 와! 너, 뭐 훔치러 온 거지?"

"그런 거 아니에요."

"근데 왜 왔어?"

"친구가 여기 살아요."

"그랬다고 여길 와?"

"친구가 오자고 해서……."

"여기 오지 마! 다른 애가 와서 놀이 기구 만지면 망가진단 말이야."

"왜 그래?"

그때 윤우가 내게로 왔다.

"왜 그러세요, 할머니?"

"할머니? 나, 할머니 아니야!"

"할머니 같아서……."

"뭐가 어째? 잔말 말고 네 친구 내보내!"

"내보내다니요?"

"쟨 여기 안 살잖아!"

"내가 같이 놀자고 해서 온 거예요."

"여기 안 살면 못 놀아. 어서 내보내!"

"왜요?"

"왜긴, 뭐가 왜야! 여기 놀이터는 주민들이 관리비 모아서 관리한단 말이야. 쟨 놀이터 만들 때 돈도 안 냈어."

"조금만 놀다 갈 거예요."

"안 돼! 다신 데려오지 마. 부모가 교육을 못 시켜 올 자리 갈 자리 구분도 못하는 놈 같으니라고!"

그러면서 나이든 여자는 손목을 잡아끌어 놀이터에서 날 쫓아냈다.

10

아파트 외관만 보다가 내가 실제로 아파트 내부를 보게 된 것은 역시 윤우를 통해서다. 아침에 학교에 가니, 윤우가 내게 초대장을 주었다. 생일 초대장을 받고 난 적잖이 놀랐다. 윤우가 생일날에 날 초대하리라곤 생각 못했기 때문이다. 윤우와 난 뭐랄까, 사는 것뿐만 아니라 여러 가지 면에서 많은 차이가 났다. 학습적인 것을 보더라도 윤우는 공부를 잘하고, 난 공부를 못했다. 그리고 난 고아인데, 윤우는 부모가 계셔서 사랑을 듬뿍 받고 있다. 나랑 비슷한 거라곤 딱 한 가지, 동물을 좋아하는 것뿐이다. 난 아파트에 사는 아이들한테 지금까지 생일 초대장을 받아본 일이 없다. 내가 성격이 활발하지 못하고 다른 아이들에 비해 뭐든 떨어지기도 하지만, 근본 원인은 내가 못 살기 때문이다. 그때는 아직 주택가로 이사 가기 전으로, 아파트 아이들은 주택가 아이들과는 어울려도 달동네 아이들하곤 어울리지 않는다. 사실 달동네 아이들은 생일에 누굴 초대하는 일이 없다. 친구들을 초대하는 것은 주택가나 아파트 동네 아이들이나 하는 일이다. 달동네 아이들은 생일날 집에서 조용히 보낸다. 생일을 그냥 넘기는 아이도 많다. 난 주택가 아이들이 생일 파티에 초대해도 안 갔다. 그러면 생일 선물을 줘야 되는데 나에게는 돈이 없다. 설사 있다 해도 꺼려진다. 생일 파티에 가면 나도 생일날 초대해야 하기 때문이다.

그러고 보면 세상은 돈이 전부다. 돈에 의해 움직이는 세상이어서 모든 것이 돈으로 이루어졌다. 사는 데 필요한 집과 음식, 옷, 차, 학교, 기업, 병원, 법원, 국가 등등. 돈 때문에 하루가 시작되고, 사람들 모두가 돈 때문에 움직인다. 곁에서 사람들 얘기를 들어보면 돈에 관련된 이야기가 대부분이다. 주식이 어떻고, 부동산이 어떻고, 금리가 어떻고……. 또 누가 얼마 벌었더라, 누구는 한 달 수입이 얼마더라, 누구누구는 재산을 얼마 늘렸더라……. TV를 켜도 돈 이야기고, 휴대폰이나 컴퓨터를 켜도 돈 얘기가 나온다. 사람들은 어깨에 힘주며 말한다. 내가 돈이 더 많으니 내가 더 잘나고, 나보다 없는 사람은 내 밑이고, 나보다 싼 차 타는 사람은 별 볼 일 없다고……. 알고 보면 내가 학교 다니는 것도 나중에 커서 돈을 벌어 남들보다 잘 살기 위한 것이며, 사람들이 평생 일을 하는 이유도 돈이 없으면 살 수 없기 때문이다. 결국 공부와 진로와 취업, 사회활동 등 사람들의 행동들은 오직 하나의 목적, 돈을 벌어먹고 살기 위한 것이다. 여기도 돈, 저기도 돈, 온통 돈 돈 돈 돈……. 돈 세상이다. 그야말로 돈이면 모든 게 다 되는 세상이다. 돈만 있으면 행복도, 건강도 그리고 사랑도 사서 가질 수 있다. 돈으로 안 된다면 그것은 아직은 돈이 부족해서다. 그래서일까, 사람들은 어느새 돈의 노예가 되었다. 돈이 꽃이고, 돈이 꿈이고, 돈이 저 빛나는 별이 되고 말았다.

가방에서 스케치북과 그림 도구를 꺼냈다. 먼저 밑그림부터 그렸다. 망설임 없이 그리다가 잠시 생각에 잠기곤 다시 그려 나간다. 마음에 안 드는 부분이 있어 지우개로 몇 번 지우고 그리기를 반복한다. 그리하여 완성된 밑그림. 배경은 나무가 우거진 푸른 숲으로, 숲 한가운데 아파트가 서 있다. 숲이니만큼 아파트 안에 나무가 가득하다. 아파트 안에는 새들이 살고 사슴과 노루가 뛰놀고, 온갖 꽃들이 향기를 내뿜고 있다. 아파트 안에 있는 작은 언덕, 그곳에서 은빛 아이가 그네를 타고 있다. 숲속 요정과 바닷속 인어와 하늘의 선녀들로 둘러싸인 채.

밑그림을 그리고 나서 마카펜으로 색을 입혔다. 앞쪽의 꽃사슴부터 색칠하기 시작했다. 넓은 영역을 채색해야 할 때 사선 사각닙으로 하고, 세밀한 것을 그려야 할 때는 붓펜으로 한다. 색감이 선명하고 컬러풀하다. 아래쪽에 요정도 칠하고 인어와 선녀도 색칠한다. 밝은 색은 한 겹으로 칠하면 연필 자국이 드러나 두 겹 세 겹으로 칠한다. 반면 어두운 색상은 한번 칠한다. 한 땀 한 땀 마음을 다해 여러 번 터치 끝에 완성된 그림. 초반보다 다양한 색상으로 그려 풍성해진 느낌이다. 그러나 하나하나 그릴 때는 잘 몰랐는데 다 그리고 나니, 전체적으로 균형이 잘 맞지 않다. 아쉽지만 어쩔 수 없다. 난 그림 옆에 글자를 작게 그려 넣었다. 정윤우, 생일 축하해. 앞으로도 사이좋게 지내자, 빵빠레 푹죽 팡팡.

아파트 아이들은 키즈 카페나 패스트푸드점 같은 데서 생일 파티를 하는데 윤우는 집에서 했다. 자기 엄마가 집밥으로 생일상차림을 해주고 싶어서란다. 저번에는 못 보았는데, 아파트 안에는 분수대가 설치돼 있다. 피트니스 센터와 키즈 플레이 센터 사이에 있는데, 왁자지껄한 아이들 웃음소리가 들린다. 분수대는 입체감과 컬러감을 살린 나무로 된 안내판이 있고, 물이 시원하게 뿜어져 나오고 있다. 아이들은 그곳에서 신나게 물놀이를 한다. 막 걸음마 한 것 같은 아기부터 자전거 타러 나왔다가 물속에 텀벙 뛰어든 초등학교 저학년, 이어 고학년까지 아이들로 가득하다. 엄마들은 아이들이 추울까 봐 연신 물기를 닦아주고, 간식을 준비하며 파라솔 밑에서 아이들을 지켜본다. 난 마치 바닷가에 와 있는 느낌이다. 아이들은 물놀이에 정신이 없다. 어린 아이들은 분수대 앞에서 머뭇거리지만 큰 아이들은 풍덩 뛰어든다.

윤우네 집은 1005동 1206호다. 난 1005동이 무엇을 의미하고, 1206호는 무엇을 뜻하는지 알지 못했다. 큰 숫자들 앞에서 왠지 주눅이 들었다. 난 한참을 헤맸다. 결국 내 스스로는 못

찾고 지나가는 사람에게 물어 1005동 앞으로 왔는데 이번에는 1206호가 문제다. 다시 아파트 주민에게 물어 1206호가 5~6라인에 있는 것을 알았지만 또다시 공동 현관 보안 장치에 부딪쳤다. 카메라가 달린 키패드 앞에 서서 겨우 윤우네 집 동과 호수를 입력해 세대 호출을 눌러 엘리베이터를 탈 수 있었다. 엘리베이터는 단숨에 나를 12층 높이로 끌어 올렸다. 그런데 집 현관문 초인종 화면 앞에 다시금 서야 했다. 문을 열어 준 것은 윤우다. 윤우는 생일 주인공답게 몸에 황금 실크 가운을 입고, 머리에는 왕관을 쓰고 있다.

"어서 와!"

윤우는 반갑게 날 맞아주었다.

"내가 너무 늦었지?"

"아니야, 늦지 않았어."

난 현관 안으로 들어갔다. 현관 좌우에 신발장이 있고 수납공간이 있다. 가운데는 또 다른 유리로 된 슬라이딩 중문이 있다. 어리둥절한 얼굴로 윤우를 따라 걸음을 옮기는데 갑자기 애완견이 나타났다. 다리가 짧고 몸통이 긴 요크셔테리어로, 녀석은 적당한 길이의 주둥이를 갖고 있고, V자의 모양으로 귀가 위로 똑바로 서 있다. 애완견은 내게 으르렁대며 왈왈 짖는다. 조그만 발로 바닥을 짚고 절대 물러서지 않겠다는 듯이.

"이뻬, 조용히 해!"

윤우가 낮게 소리쳤다. 녀석은 얼굴이 매우 작아 인형 같이 생겼다. 한번 짖고 나더니, 내게 꼬리를 살랑살랑 흔든다.

"쟤도 왔네."

거실에 들어서자 아이들이 일제히 날 주시했다. 모두 아파트에 사는 아이들이다. 반에서 싸움을 잘하는 이강태도 와 있고 체격이 큰 장중수, 운동을 잘하는 고지호, 우스갯소리를 잘하는 허준서, 노래를 잘하는 은도현, 춤을 잘 추는 서인애도 소파에 앉아 있다.

"얘가 나랑 친해!"

윤우가 웃으며 아이들에게 말했다. 그러면서 소리 내어 엄마를 불렀다. 그러자 주방에서 윤우 엄마가 앞치마를 두른 채 나오셨다.

"엄마, 이 애가 내가 말한 애야. 그림을 잘 그리는……."

"어서 오렴!"

다행히도 윤우 엄마는 날 환하게 맞아주었다. 난 윤우 엄마한테 꾸벅 인사를 드렸다.

"음식 많이 했으니, 많이 먹고 가렴!"

윤우 엄마는 상냥하고 다정했다. 엄마를 닮아 윤우가 마음이 고운 게 아닌가 했다. 그리고 저런 엄마를 둔 윤우가 부럽다는 생각이 든다. 난 거실 소파에 앉아 아파트 내부를 살폈다. 집은 모노톤을 기본으로 한 인테리어로 정돈이 잘 되어 있다. 거실은 나무 질감의 원목나무로, 하얀 벽지에 천장은 우물형으로 메인 LED등 외에 다운라이트 조명이 있고 창 위쪽은 시스템 에어컨이, 우측에는 환기형 공기 청정 시스템이 있다. 거실에서 눈에 띄는 것은 대형 TV와 긴 소파와 1인 소파다.

난 화장실을 가면서 주방을 슬쩍 보았다. 주방은 크고 넓었다. 한쪽에 냉장고와 김치 냉장고, 식기세척기, 오븐레인지가 있고 주방 옆으로 보조 주방이 있어 주방용품 및 식기가 잘 정리돼 있다. 주방 옆으로 다이닝 공간도 있는데, 6인용 다이닝 테이블을 두어도 여유 공간이 있다. 화장실은 예쁘게 꾸며져 있다. 화장실 바닥은 미끄럼틀방지 타일이 깔려 있다. 거울 달린 큰 수납장이 있고, 뒤쪽으로는 샤워부스가 설치돼 있다. 윤우네는 방이 4개였다. 화장실도 4개인데, 하나만 빼고 모두 방 안에 있다.

생일 파티는 거실에 마련되었다. 여러 생일 파티용품으로 꾸며졌는데, 천장에는 파티 분위기를 내기 위해 가랜드가 걸려 있다. 긴 줄에 동물 모양의 플래그가 달려 있고, 색색의 풍선이 빼곡하게 붙여진 채 꼬불꼬불한 띠가 내려서 있다. 할로겐 등에 색이 있는 풍선을 붙여 분위기를 내기도 했다. 블라인드 쪽에는 포토존을 꾸며 놓았다. 치렁치렁한 파티 커튼이 붙어 있고, 거기에 해피버스데이란 영어로 된 생일축하 문구가 있다. 아이들이 더 오고 나서 생일상이 차려졌다. 긴 좌식 테이블에 하얀 식탁보가 깔려 있고, 자리마다 꽃무늬 냅킨 위에 디저트용 스푼과 포크, 마스킹 테이프가 붙은 대나무 젓가락이 놓여 있다. 음식은 푸짐하다. 배달 음식이 아닌 윤우 엄마가 만든 것이다. 뚜껑에 리본이 달린 컵 안에 딸기와 체리, 블루베리, 방울토마토 등의 과일이 들어 있고 미니 핫도그는 핫케이크 가루와 비엔나소시지를 이용해 만들었으며 미니 햄버거는 순우유 롤 위에 치즈와 양상추, 토마토, 소고기 패티를 올려 완성했다. 양념이 맵게 된 떡볶이는 개인용 컵에 담겨 있고 잡채는 당근과 양파, 시금치, 목이버섯 등 다양한 야채에 당면이 더해 촉촉하다. 주문한 음식으로 보이는 것은 순살치킨과 불고기 피자, 아이스크림 케이크 등이다.

 음식을 먹기 전 생일 케이크에 초를 붙이고 폭죽을 터트리고 생일 노래를 불렀다. 생일 선물 증정도 있었는데, 아파트 아이들 것과 주택가 아이들 것이 달랐다. 아파트 아이들은 보드게임이나 문화상품권, 수채화 물감, 스마트워치지만 주택가 아이들은 문구점에서 산 학용품이 전부다. 난 윤우에게 서류 봉투를 건넸다. 그러자 아이들의 시선이 서류 봉투로 향했다. 부피도 없고 포장도 형편없어 저건 뭐야 하는 표정이었다.

 "미안해, 좋은 선물을 주지 못해서……."

 난 선물을 사 오지 못해, 그림으로 선물을 대신하는 것에 미안함과 부끄러움을 느꼈다.

 "이거 너가 그린 거야?"

 그림을 보더니, 윤우는 내게 묻는다.

"맘에 안 들지?"

난 윤우가 크게 실망한 모양이라고 생각했다.

"너가 그린 거 맞지?"

난 고개를 끄덕였다.

"와우!"

윤우는 탄성을 내질렀다.

"이거 좀 봐. 내게 생일 선물로 준 건데 너무 잘 그렸지?"

윤우는 아이들을 향해 그림을 펴 보였다. 그러나 아이들의 반응은 싸늘하다.

"뭔 그림이 저래!"

"바닷속 인어가 왜 나와!"

"무슨 요정이 있냐!"

"선녀가 아니라 귀신같다!"

아이들은 마침내 깔깔 웃었다. 그때 윤우 엄마가 다가왔다.

"오, 멋지구나."

윤우 엄마는 눈을 동그랗게 뜨셨다.

"어쩜 이렇게 신비로운 그림을 그릴 수 있니, 넌 아주 특별한 애구나!"

윤우 엄마는 내 엄마처럼 날 따뜻하게 감싸주었다.

11

난 숲으로 갔다. 숲은 다른 모습을 하고 있다. 숲속 곳곳에는 파릇파릇함이 가득하다. 발아래 초록빛 새싹들이 돋아나고 나무들도 푸르름으로 짙어지고 있다. 숲속은 금방이라도 요정이 나타날 것 같은 분위기다. 그러나 요정 대신 꽃들이 반긴다. 귀여운 꽃마리를 비롯 별꽃, 제비꽃, 꽃다지, 벼룩이자리, 점나도나물 등이 눈에 띈다. 그리고 나비도 있다. 고운 나비 세 마리가 나무 사이의 햇빛을 나풀나풀 날고 있다.

도인 할아버지는 석굴에 없었다. 생식 거리를 준비하기 위해 자리를 비운 모양이다. 도인 할아버지는 숲에서 살며 생식만을 고집했다. 생식의 재료는 솔잎과 송화, 칡뿌리다. 솔잎은 봄에 새로 난 연한 걸 주로 채취하고, 칡뿌리는 가을에 향이 진하고 알이 잘 베긴 걸 캔다. 그것을 채취해 오면 모두 그늘에 말린다. 수분이 빠지게 말린 다음 그걸 돌로 빻았다. 고운 가루가 될 때까지 빻아 가루가 된 것을 먹는데, 조금만 먹어도 포만감이 있다. 어느 날, 도인 할아버지는 내게 숨 쉬는 법을 가르쳐 주었다. 도인 할아버지는 내게 단호하게 말했다. 입으로는 숨 쉬지 말라고, 입은 음식 들어가는 곳이고 코는 숨 쉬는 데라면서. 난 바위에 앉아 숨쉬기를 했다. 도인 할아버지가 가르쳐 준대로 입을 다물고 눈도 감는다. 그러나 숨쉬기는 쉽지 않다. 가만히 앉아 생각 없이 해야 하는데 잘 되지 않는다. 눈을 감으면 이상하게 생각이 많아진다. 내 의지와 상관없이 생각이 소용돌이친다. 난 도인 할아버지께 생각 없이 숨쉬기가 어렵다고 했다. 그러자 도인 할아버지는 생각은 누구나 다 올라오는 거라고 했다.
"그런데도 생각 없이 숨 쉬어야 해요?"
"생각이 가라앉아야 제대로 된다."
"근데 생각이 가라앉질 않아요."
"그건 네가 거기에 얽매이기 때문인 게야."
"얽매여서요?"
"생각이 나란 생각을 버려야 한다."

난 다시 숨쉬기를 했다. 숨을 내쉴 때는 배꼽 아래가 들어가게 하고, 숨을 들이쉴 때는 배꼽 아래만 나오게 했다. 그리고 숨을 내쉴 때나 들이쉴 때 천천히 가늘게 했다. 한참 그렇게 하자 숨쉬기가 좀 나아진다. 머릿속이 비워지는 듯싶더니 이내 생각 하나가 올라온다. 언제부터 새롭게 떠오르기 시작한 세상이 불공평하다는 생각, 똑같은 세상에 태어났는데 누구는 부자로 살고 누군 가난하게 사는지에 대한 생각. 왜 세상엔 부자와 가난한 사람이 존재할까. 누군가는 빵 한 조각을 얻지 못해 죽고, 누군가는 과한 영양 섭취로 성인병을 달고 산다. 또 누구는 명품 수입 침대에서 자고, 누구는 차가운 길바닥 위에서 잠을 잔다. 누가 이렇게 만든 것인가. 누구를 위해서, 도대체 무슨 목적으로……. 이에 대해 난 할머니한테 물었다.
"그러니 공부 열심히 해서 그런 사람들보다 잘 살아!"

난 할머니 대답에 만족할 수 없었다. 그래서 옥탑방에 사는 송이 엄마한테 물었다. 그때 송이 엄마에게 내가 고아인 것도 밝힌 것으로 기억한다. 난 송이 엄마가 마치 신인 것처럼 세상의 불공평함에 대해 따지듯이 말했다.

"지금은 힘들어도 나중엔 좋아질 거야. 그러니 힘들더라도 참으렴. 살다 보면 좋은 날이 반드시 올 거야. 이 모든 게 좋은 날이 오기 위한 하나의 과정으로 생각했으면 좋겠구나. 그리고 가진 사람에 비해 부족하게 느껴도 너만이 가진 좋은 점과 소중한 그 무엇이 있을 거야. 그러니 슬퍼 말고 힘내렴."

난 학교 선생님과 동네 교회 목사님한테도 물었다. 학교 선생님은 내가 철이 안 들었다며 부모님이 세상에 태어나게 해준 것만으로 감사하게 여기고, 아프리카에서 안 태어난 것만으로도 행복한 줄 알라며 모든 것을 긍정적으로 생각하라 했다. 목소리가 카랑카랑한 교회 목사님은 내게 다른 얘기를 했다. 하느님이 세상을 공평하게 만들었다며 살아 있다는 그 자체만으로도 세상이 공평하다는 거였다. 그러면서 불행하게 만드는 것은 다름 아닌 비교라고 했다. 아무리 내가 10억을 갖고 있어도 100억 가진 사람과 비교하면 불행하다는 것이다. 행복은 가까이에 있다고도 했다. 돈이 많은 사람도 스스로 불행하다고 여기는 사람이 있고, 돈이 없는 사람도 스스로 행복하다고 여기는 사람이 있다고 했다. 그러므로 물질은 행복이 아니라고, 행복은 바로 마음에서 나온다고 했다.

난 혜미 엄마를 산중턱에서 만났다. 그동안 못 본 사이 혜미 엄마는 몸이 부쩍 야윈 모습이고, 사는 게 힘드신지 얼굴에 피곤이 가득하다. 그전에도 그랬지만, 혜미 엄마는 점집에 손님이 들지 않아 마트에서 일하며 무당 일을 같이 겸하고 있었다. 산 아래 마트에서 하는 일은 계산원으로, 손님이 구입한 상품을 바코드 스캐너를 사용해 계산하고 돈을 수령하는 일이다. 난 혜미 엄마에게 세상이 왜 불공평한지 물었다. 내가 그때 물은 이유는 신기는 없지만, 그래도 신령을 모시는 분이라 뭔가 다른 말을 해줄 것 같아서였다.

"그건 세상이 요지경이라 그래."

"요지경요?"

"그래, 지랄발광 요지경 속 세상이라서……."

해가 져서 그만 가려고 하는데 도인 할아버지가 돌아왔다. 도인 할아버지는 여전히 눈빛이 빛났다. 난 석굴 속에 들어앉아 도인 할아버지께 물었다.

"할아버지, 웃긴 질문이지만 왜 태어날 때부터 사람들은 흙수저, 은수저, 금수저로 나뉘는 건가요?"

"그게 무슨 말이냐?"

도인 할아버지는 부모의 재산에 따라 계급을 나누는 것에 대해 잘 모르고 있었다. 그래서 난 수저 계급론에 대해 말해주었다. 과거에는 천민, 서민, 양반과 같은 계급이 있었다면 지금은 흙수저, 은수저, 금수저 등 눈에 보이지 않는 계급이 존재한다는 사실을 말했다.

"누군 거지로 태어나고 싶은 것도 아닌데 뼈 빠지게 일만 하며 거지처럼 살고, 누군 태어날 때부터 입에 금수저를 물고 태어나 어려서부터 하고 싶은 거 다 하고 평생 호강하며 띵가띵가 살아요. 왜 이렇게 세상은 불공평한가요?"

도인 할아버지는 눈을 감고 생각에 잠기더니, 이윽고 부드러운 음성으로 말했다.

"그건 육신을 자기와 동일시시키는 생각 때문인 게야. 사람들이 육신을 자기로 아는 한 욕심이란 게 따라붙게 돼 있어. 내 거란 생각은 욕심을 불러일으킨다. 그래서 가진 자는 더 갖길 원하고, 남이 가진 걸 빼앗기까지 한다. 조직이 생기고 싸움이 시작된다. 그래서 불평등의 뿌리는 더욱 깊어진다."

"근데 욕심이 꼭 나쁜 건 아니잖아요? 욕심 때문에 이렇게 문명이 발전했잖아요. 남보다 잘살고 싶은 욕심, 남보다 행복해지고 싶은 욕심, 남보다 더 위에 있고 싶은 욕심……. 이런 욕심이 없었다면 자신을 발전 못 시키고, 새로운 기술도 개발 못했을 거예요."

"욕심이란 건 나의 목적 달성을 위해 필요한 것처럼 꾸며진다.

그리고 욕심이란 이기주의의 또 다른 얼굴이다. 인간에겐 울타리가 있단다. 울타리란 인간다운 거다. 만약 울타리를 벗어나면 사람은 눈이 멀게 된다. 그래서 천한 동물이 되는 게야. 이런 우화가 있지. 숲속의 왕인 사자가 욕심 많은 쥐에게 해가 질 때까지 달려서 출발했던 지점까지 다시 뒤돌아오면 그 달려온 땅을 다 주겠다고 했다. 이 말에 욕심 많은 쥐는 새벽부터 저녁까지 달렸다. 그래서 그 넓은 땅을 다 돌았다. 그러나 쥐는 도착하자마자 심장마비로 쓰러져 죽고 말았다."

도인 할아버지는 숨을 크게 들이마신 다음 다시 말을 잇는다.

"하지만 넌 알아야 한다. 겉으로 드러나 보이는 게 진실은 아니라는 것을. 넌 스스로 그걸 깨달아야 한다. 그랬을 때만이 비로소 세상으로부터 자유로워질 수 있다는 걸……."

금수저 동네

1

고급 빌라촌에 가던 날, 난 가벼운 설렘과 흥분 같은 것을 느꼈다. 반 아이 중에 고급 빌라촌에 사는 애가 있었다. 그 애는 대번 표가 났다. 좋은 옷을 입고 휴대폰도 아이폰을 쓰고 그리고 값비싼 가방과 신발, 학용품을 갖고 있었다. 아이들은 말했다. 저 애는 대궐 같은 으리으리한 집에 살고, 방과 후엔 항상 운전기사가 대기하고 있다고. 그러나 피부에 와 닿지 않아 그냥 그런가 보다 했다. 고급 빌라촌은 아파트 동네 뒤편에 있는데, 그곳은 진입로와 진입로 주변 경관부터 잘 닦여진 뭔가 정제된 느낌이고, 표지판 같은 것도 분위기가 있으며 조경도 뛰어났다.

"할머니, 여기가 고급 빌라촌이야?"

"그려."

"근데 빌라촌이면 빌라촌이지 왜 고급 빌라촌이라고 해?"

"봐봐, 빌라들이 다 좋잖아. 같은 빌라라도 우리 동네에 있는 거랑은 완전 다르잖아. 그래서 고급 빌라촌이라고 부르는 겨."

정말 이곳의 빌라는 주택가 빌라와는 차원이 다르다. 주택가 빌라는 빨간 벽돌 모양의 타일이 붙은 형태로, 외관이 울룩불룩 하고 창문이 나무 프레임으로 되어 있으며 좁은 땅에 동과 동이 붙어 통풍과 채광이 안 된다. 앞 베란다와 건너 집 베란다 사이가 가까워 더운 날에도 문 열기가 쉽지 않고, 좁은 공간에 많은 사람들이 살아 소음이 심한 편이며 주변은 쓰레기가 많고 파리 떼가 들끓는다. 그러나 이곳 빌라는 무슨 별장 같다. 주택가 빌라는 건물 높이가 같고 외관 모습도 똑같아 단조로운 반면 이곳은 저마다 개성과 특색이 있는 유로피안 양식의 품격 있는 빌라가 있는가 하면 지붕이 돋보이는 빌라, 대문이 예쁜 빌라, 감각적인 빌라, 대저택 같은 빌라, 창문이 커다란 빌라, 튼튼하고 웅장한 빌라 등이 있다. 특히 빌라 규모가 대형 평형이고 마감재와 내부 시설도 최고급 수준이며, 충분한 택지 공간에 일조권 통풍도 좋다. 그리고 주택가 빌라는 보통 한 층에 두서너 세대가 있는데, 여기는 층당 한 세대씩만 거주하고 있다. 고급 빌라촌은 아파트 동네와도 다르다. 아파트 동네는 건물이 하늘을 가려 좀 답답한 면이 있는데, 이곳은 7층 이하의 저층으로 세대수도 적다.

난 천천히 걸으며 집들을 구경했다. 고급 빌라촌은 각양각색의 빌라가 옹기종기 모여 있다. 그림 같은 집이라 표현할만한 빌라들이 즐비하다. TV와 영화에서 봄직한 빌라들로, 담장이 높아 내부가 잘 드러나 보이지 않고, 주위에는 보안 요원이 눈에 띈다. 무인 감시 카메라가 곳곳에 설치돼 사람들의 출입을 일일이 체크한다. 문득 이런 생각이 든다. 여기와 지적인 곳에 달동네와 주택가가 있는데 어떻게 이토록 다른가 하는……. 같은 지역에 상반된 동네가 공존하고 있다니, 더구나 길 하나를 사이에 두고…….

밖으로 나와 넓은 곳에서 보니, 네 동네가 눈에 다 들어온다. 그러나 그것은 극과 극을 이룬다. 아니, 분명한 차이를 보인다. 창고 같은 달동네와 박스집 같은 주택가, 조각품 같은 아파트 동네, 왕궁 같은 고급 빌라촌. 사람들이 서로 마주 보며 어떤 표정과 어떤 생각을 할지 궁금하다. 같은 시간대를 사는 동네인가란 의문이 들고, 스스로 벽을 쌓는다는 생각도 든다. 가만히 보면 동네에는 뭔가 알 수 없는 시스템이 존재하는 것 같다. 작동이 완전히 멈추는 일이 발생하기 전까지는 드러나지 않는 숨은 시스템. 그래선지 서로를 의식하고 견제한다. 비웃으며 욕하고, 시시덕대며 조롱하고, 으스대며 뽐내고, 고상한 척 우아한 척한다. 사람들은 무엇에 지배와 통제를 받고 있는 것도 같다. 다른 얼굴을 한 동네가 마주 서 있는데도 모두가 아무렇지 않은 걸 보면. 왜 그런 걸까. 보이지 않는 손에 길들여져선가, 검은 그림자 칼춤에 놀아나서일까. 아니면 집단 최면에 깊이 빠져서인지……

"할머니, 여긴 고물이 없어. 동네는 멋진데 말이야."

주위에 고물 같은 것은 보이지 않는다. 박스는커녕 바닥에 휴지나 담배꽁초 하나 찾아볼 수 없다. 골목이 이렇게 깨끗하고, 넓은 곳은 처음 본다. 보안업체 위탁 경비 등 방범 시설도 잘 갖춰져 있는데, 골목에는 CCTV가 정말 많다. 무인 감시 카메라가 수십 미터 간격으로 설치돼 있다. 그러나 뭔가 감시당한다는 느낌보다는 안전하다는 생각이 든다.

"고물은 여기 없구 도로로 나가야 햐."

빌라촌 골목은 소란스러움이 없다. 동네 분위기 자체가 조용하고 쾌적하다. 길이 환하게 밝고 금방금방 대로변이 나온다. 그리고 순찰차가 수시로 다니고, 보안업체 서비스도 이용해 질서와 평온이 유지되고 있다. 골목은 주정차 금지 구역으로 도로처럼 크고 넓다. 거기에다가 거리를 청소하는 집진차가 하루에 서너 번씩 왔다 갔다 해 먼지도 덜하고 공기도 좋다. 둘러볼수록 부촌이라는 것이 느껴진다. 그때 차 한 대가 멈추었다. 수려한 디자인의 외제차다. 골목에 잠시 주차하나 싶더니, 차 문이 스르르 열린다.

"할머니, 폐지 좀 드릴까요?"

웃는 얼굴에 선하게 생긴 사십대로 보이는 아저씨다.

"폐지 주시게유?"

"예, 필요하면 드릴게요."

"주면 나야 너무 좋지유."

"그럼 잠시만 기다리실래요?"

"어디 있는데유?"

"집에 있는데 지금 가져올게요."

아저씨는 차를 몰아 골목 옆 빌라 안으로 들어간다. 전 세대가 남향을 보고 있는 빌라로, 외관이 깔끔하고 웅장하다. 갈색 담장 배경으로 잘 자란 소나무들이 운치 있고, 지붕 역시 갈색 기와로 한층 멋을 더하고 있다. 저 빌라 안에는 어떤 사람들이 살까. 저들은 대체 누구길래 저런 궁궐 같은 곳에서 왕처럼 사나. 갑자기 저 안에 있는 사람들이 궁금해진다. 아니, 이 동네 사람들에 대해 강한 호기심이 생긴다. 아저씨는 생각보다 빨리 오셨다. 차 트렁크를 열자, 그 안에 물건이 담긴 박스가 있다.

"이게 다 책이쥬?"

할머니는 박스를 어루만진다. 박스는 테이프로 봉해져 안을 볼 수 없으나, 누가 보더라도 책 박스처럼 보인다.

"네, 책이에요."

"정말 고마워유."

"고맙기는요, 버리려던 책인데요, 뭐."

"그래두 이렇게 챙겨주시니……."

할머니는 아저씨께 고개 숙여 감사함을 표한다.

"이거 받으세요."

박스를 옮겨 실은 다음 아저씨는 종이가방 하나를 할머니께 건넨다.

"이건 뭐에유?"

"건강식품인데, 가져가 드세요."

"책도 주셨는디 이런 거까지 주시구······."

할머니는 몸 둘 바를 몰라 했다.

"별거 아니에요, 건강 챙기면서 일하세요."

아저씨는 할머니께 인사하고 떠났다.

"할머니, 뭔지 한 번 봐봐."

종이가방 안에는 작은 박스가 들어 있다. 박스는 하얀색으로 산뜻하다. 조심스레 박스를 열자, 그 안에 홍삼이 들어 있다. 스틱 형태의 홍삼 제품으로, 포장지도 좋지만 제품 자체가 좋아 보인다.

"먹어 볼까, 할머니?"

난 침을 삼켰다.

"그래 먹어 보자꾸나."

할머니는 홍삼 한 포를 내게 주었다. 포장지를 읽어 보니, 단순히 홍삼으로만 된 제품이 아니라 목에 도움 되는 도라지와 배가 들고, 대추도 첨가됐다고 적혀 있다. 포장지를 뜯어 입에 털어 넣었다. 맛이 이상할 줄 알았는데 의외로 달달하니 좋다.

고급 빌라촌에는 호수공원이 있다. 호수를 둘러싸고 4개의 조킹 코스 겸 산책로가 있는데 A코스인 호수공원 비탈길이 있고 B코스인 호수공원 도보길, C코스인 호수공원 잔디밭길, D코스인 호수공원 호숫가길이 있다. 호수공원은 내부에도 여러 갈래 길이 있어, 호숫가 근처에 더 바짝 갈 수 있다. 호수 쪽으로 발걸음을 옮겼다. 해가 지기 전이어서 그림자가 길게 드리워져 있다. 호수 쪽에는 오리 모양의 포토존이 준비돼 있는데, 오리 프레임 안으로 들어온 하늘과 호수가 눈부시다.

  호수는 꽤 크다. 호수만 한 바퀴 돌아도 충분히 운동이 될 만큼 넓은 원을 그리고 있다. 도시에 호수가 있다니, 보고 있으면서도 믿기지 않는다. 호수는 물이 가득하다. 그것은 바람에 일렁이며 잔물결을 만들고 있다. 호수에는 많은 동식물이 있다. 백로를 비롯 원앙, 물총새, 해오라기, 민물가마우지 등 다양한 새들이 있고 습지 내에 물억새와 갯버들, 조팝나무, 배롱나무, 털부처꽃 등이 있다. 그리고 호수 안에는 어류와 수서 곤충류, 수생 식물들이 있다. 그때 백로가 눈에 들어왔다. 백로는 종이배처럼 유유히 떠다닌다. 백로가 수면 위를 지나면 물결이 일고, 그것은 유리 조각처럼 반짝반짝 빛난다.

  호수공원에는 사람들이 많다. 날씨가 좋아선지 반려견과 함께 호수공원을 찾은 사람도 많다. 잔디 광장에는 넓은 잔디밭이 마련돼 피크닉을 즐기기에 안성맞춤이다. 사람들은 그곳에 돗자리를 펴고 앉아 도란도란 이야기꽃을 피우고, 준비해 온 음식을 먹는다. 맥도날드 매장에서 포장해온 햄버거와 감자튀김으로, 햄버거는 포장지를 벗기면 연하고 부드러운 빵이 나오는데 하얀 참깨가 붙어 입맛을 한층 돋운다. 얇고 길쭉한 감자튀김은 바삭하고 신선하다. 간이 기본적으로 되어 있지만, 감자튀김은 케첩에 찍어 먹어야 맛이 난다. 난 잔디 광장에 있는 가족들을 우두커니 바라본다. 그리고 작은 한숨과 함께 입술을 지그시 깨문다.

고급 빌라촌의 메인도로는 명품 브랜드로 쇼핑 거리를 이루고 있다. 대로변 양쪽에 명품 매장이 즐비한데 건물마다 같은 형태의 건물은 없고, 각기 독특한 디자인으로 특색 있는 외관을 자랑한다. 외벽 전면을 유리로 꾸민 카페 하나가 눈에 띈다. 갤러리 카페는 입구에서부터 갤러리의 분위기가 물씬 풍긴다. 1층과 2층에는 테라스가 구비돼 있는데 내부에 햇살이 스며들어 밝고 아늑하다. 갤러리 카페인만큼 곳곳에 작품들이 전시돼 있다. 눈길을 사로잡는 독특한 마야풍의 조형물이 있고, 3층에는 아예 갤러리로 꾸며져 있다. 사람들은 작품을 감상하며 차를 마신다. 한 작품 한 작품 감상하다 보면 시간 가는 줄 모를 것 같다.

도로에는 차들이 별로 없고, 인도에도 사람이 많지 않다. 조용하고 편안한 분위기다. 도로에는 고급 차들만 다닌다. 외제차보다 국산 자동차를 찾아보기 더 어렵다. 차들은 막히지 않고 제 속도에 맞춰 여유 있게 달린다. 차가 주차장으로 들어서면 주차원이 차를 맞는다. 차에서 내린 손님이 차 열쇠를 건네면, 주차원은 후진으로 차를 주차장에 집어넣는다. 이곳 사람들은 정말 옷차림부터 헤어스타일, 메이크업까지 교양 있고 세련돼 보인다. 옷들은 튀지 않은 베이직한 컬러에 좋은 재질의 옷을 입고, 머리는 단발이나 어깨 정도의 긴 머리를 하고 신발은 루이비통 신발을 신고 있으며, 어깨에는 나이와 상관없이 고급스런 백이 걸려 있다. 여기 사람들은 먹는 것도 다르다. 다른 동네 사람들처럼 음식을 배불리 먹거나 하지 않는다. 코가 비뚤어지게 술을 마시는 사람도 찾아보기 어렵다. 사람들은 적은 양의 고급 요리를 하나하나 맛보고, 위스키 한 잔을 음미하며 분위기에 젖는다.

도로가로 나오니, 비로소 고물이 눈에 띈다. 고물은 무질서하게 버려져 있지 않다. 분리배출이 잘 되어 주택가와 다른 모습이다. 주택가는 종량제 봉투 하나에 그냥 다 넣어 버린다. 유리병이나 페트병 안에는 담뱃재와 담배꽁초가 있고, 폐기물 쓰레기나 음식물 쓰레기도 들어 있다. 재활용품을 넣을 때도 무신경하다. 투명한 비닐봉투에 넣고 밀봉해야 되는데 그렇게 하지 않는다. 러닝머신을 발견한 것은 인도에 있는 나무 아래다. 누가 버린 걸까, 이렇게 좋은 고물을. 운동기구는 값비싼 고물이다. 원상태 그대로 옮기기가 힘들어 해체해 배출했다. 본체를 떼어내고 계기판도 걷고, 핸들 지지대 좌우도 떼어냈다. 분해한 것만 보아도 러닝머신이 크다는 것을 알 수 있다. 2미터 정도 되고, 무게도 족히

100킬로그램은 될 듯하다. 분해를 했지만 외관상 깔끔하다. 흠이 있거나 녹이 슨 곳도 없다. 아마도 누군가 가져가라고 여기에 놓은 것 같다.

"안녕?"

그때 반 친구인 도아가 내게 인사했다. 도아는 고급 빌라촌에 사는 아이다.

"웬일이야, 여기?"

"응. 폐지를 주우려고……."

난 사실대로 말했다. 도아는 내가 할머니와 단둘이 사는지 모르고, 할머니가 폐지 줍는 것도 모른다.

"폐지?"

"할머니가 폐지를 주우시거든. 그래서 할머니랑 같이 온 거야."

"그렇구나."

도아는 놀라는 기색 없이 고개를 끄덕인다. 도아는 애완견을 데리고 있다. 아마 애완견과 함께 산책 나온 모양이다. 새까맣고 동그란 눈, 우아한 모색의 기품 넘치는 자태, 털색이 특이해 겉으로 보기에는 검은색 같으면서도 속털은 흰색과 회색, 갈색 등 다양한 색상으로 이루어져 있다.

"너네 할머닌 어디 계셔?"

난 도로변에서 고물을 줍고 있는 할머니를 손으로 가리켰다.

할머니는 멀티숍에서 내 준 종이 박스를 정리하고 계신다. 박스에 붙은 테이프를 떼어내고, 최대한 평평하게 하는 작업을 하고 있다.

"너네 할머니 힘드시겠구나."

도아는 부드럽게 날 바라보았다.

"폐지를 매일 주우시니?"

"응, 할머닌 쉬는 날이 없어."

"내가 좀 줄까?"

"폐지가 있어?"

"폐지는 아니고……. 다른 재활용품도 수거하지?"

"그럼. 근데 어디 있는데?"

"어디 있긴, 집에 있지."

도아는 밝게 웃는다.

"이럴 줄 알았으면 안 버리고 모아둘 걸 그랬다. 좀 기다려, 내가 가서 가져올 테니깐."

도아는 애완견을 안고 골목길로 사라졌다. 도아도 그렇지만 고급 빌라촌에 사는 아이들은 명품 키즈라인을 입거나 가방, 신발 등 소품도 명품을 사용한다. 주로 구찌 키즈나 몽클레어 키즈, 버버리 칠드런 등의 명품들이다. 그 아이들은 고액 과외를 받아 우등생이 대부분이고 피아노부터 시작해 플롯, 가야금, 바이올린, 클라리넷 등 여러 악기를 다룰 줄 알며 승마와 수영, 펜싱,

스키, 스케이트 등도 배우고 영어 실력이 뛰어나 외국인과 자연스럽게 대화를 한다. 도아는 성격도 좋고 공부도 잘하고 교우 관계도 좋은, 어디서나 빛나는 아이다. 객관적으로 보더라도 아이가 예의 바르고 인성이 좋다. 막 부유한 티도 안 내고 촐랑대지도 않고, 행동과 말투에서 기품이 묻어 나와 가정교육을 잘 받았다는 게 느껴진다. 물론 입고 다니는 옷이나 쓰는 가방, 신발, 지갑 이런 게 고급스러워 아이들 사이에서 말이 돌긴 했다.

도아는 그림에 남다른 재능이 있는데 스케치면 스케치, 수채화면 수채화, 만화 캐릭터면 만화 캐릭터 가리지 않고 다 잘 그린다. 도아는 교내 그림 대회는 물론 각종 교외 미술 대회에 출전해 많은 상을 받았다. 학교 미술 시간이었다. 그날은 스텐실 시간이었는데, 깜박 잊고 물감을 가져오지 않았다. 난 김일수에게 물감 좀 빌려달라고 했다. 당연히 빌려줄 줄 알았는데, 김일수는 새 물감이라며 빌려줄 수 없다고 했다. 그때 도아가 자기 물감을 가져다 쓰라고 했다. 물감이 또 있다면서 아예 한 세트 통째로 빌려주는 것이었다.

난 할머니와 떨어져 이쪽 도로변을 살폈다. 이 동네는 폐지는 물론이고 재활용품이 많다. 그렇다고 폐지와 재활용품이 곳곳에 널려 있는 건 아니다. 그것은 미관상 허락되지 않는다. 정해진 곳에만 있는데 양보다는 질로, 돈이 되는 철류와 비철류, 가전류가 있다. 그때 에어컨이 눈에 띄었다. 에어컨인 동시에 난방기로 사용할 수 있는 제품으로, 새것으로 보아도 무방할 정도로 흠집이 없고 광이 났다. 아마 성능도 최고일 것 같다. 에어컨 본체만 있는 게 아니고 에어컨 실외기와 설명서, 보증서, 액세서리까지 있어 폐기처분할 게 아닌 것 같다. 가져가 쓰면 좋겠지만, 전기료 때문에 쓸 형편이 안 된다. 할머니는 여름에 선풍기 트는 것도 주저하시니까. 바닥이 넓은 에코 백에 여러 개의 명품 중고 가방도 발견해 그것도 챙기는데, 집에 갔던 도아가 돌아왔다. 애완견은 놓고 장갑과 헬멧을 착용하고 킥보드를 타고 왔다.

"자, 이거야."

도아는 가방 하나를 내게 준다. 손잡이 일체형의 브라운 가죽 가방으로, 그 안에 무언가 들어 있다.

"이게 뭐야?"

"노트북이야."

가방을 여니, 그 안에 정말 노트북이 들어 있다.

"이걸 준다고?"

노트북은 겉으로 보기에 새거다. 긁힌 자국이 없고 표면도 매끈하고 반들반들하다. 알루미늄 소재의 풀 메탈 바디와 슬레이트 그레이 색상으로 스마트하고 모던하다.

"이거, 새건데……."

"아냐, 헌거야."

"이렇게 깨끗한데?"

"그거 용량도 적고 부팅 속도도 느려. 그래서 아빠가 새로 사 줬어."

"정말 버려도 되는 거야?"

"그럼. 그리고 이것도."

도아는 타고 온 킥보드도 가져가라고 한다.

"이것도 준다고?"

도아는 고개를 끄덕인다.

"새건데……. 글구 비싼 거고……."

"그것도 새로 사줬어."

도아가 가져온 킥보드는 일반 키보드와는 다르다. 프리미엄급 전동 스쿠터로, 킥보드를 기본형태로 취하고 전동 관련 장치를 달아 전기력으로 달릴 수 있다. 알루미늄 프레임으로 발판이 넓고, 바퀴가 크며 강판도 두껍다. 고출력 모터와 대용량 배터리로 60킬로미터 제한 도로에서 차량과 속도를 맞출 수 있는데, 핸들의 조작부는 핸들 부분을 접어 폴딩할 수 있는 접이식으로, 바이크와 구성이 비슷하다. 왼쪽 핸들에는 전조등, 방향 지시등, 클락션 버튼이 위치하고 오른쪽 핸들에는 충전 전압, 스트롤 레버, LED 모니터, 전동 킥보드 키 박스가 위치하고 있다. 난 킥보드도 고맙게 받았다.

고급 빌라촌 대로변에는 사무실이 많다. 외관 및 내부 상태가 깔끔한 중형급 오피스 빌딩으로 지하 2층에서 지상 5층 규모에 스튜디오, 법무사 사무실, 세무사 사무실, 건축사 사무실 등 트렌디한 외관의 건물이 밀집돼 있다. 할머니는 한 빌딩 앞에 멈춰 섰다. 황색톤의 대리석 외관으로, 전면 통창으로 되어 채광이 좋다. 안으로 들어서자 1층 로비 공간이 나온다. 안내 데스크에는 보안 요원이 있고, 1층 한쪽에 스타벅스 카페가 있다. 엘리베이터를 타고 올라간 곳은 5층, 넓은 홀 공간으로 이루어진 테라스가 있는 디자인 사무실이다. 폐품은 문밖에 놓여져 있다. 박스는 박스대로, 종이는 종이대로, 병과 캔은 그것대로 한데 모아져 있다. 이 동네는 수거에 조건이 없다. 폐품을 가져가는 것만으로도 고마워한다.

"안녕하세요, 할머니."

폐품을 가져가는데 사무실 여자가 나온다. 사무실 여자는 세미 정장 차림으로 폴라 티에 무릎이 살짝 올라가는 스커트를 입고 있다.

"이 앤 누구예요?"

사무실 여자가 나를 보더니 할머니한테 묻는다.

"내 증손자. 손녀하구 같이 살아서."

"아, 그래요. 증손자가 귀엽네요."

그녀는 환한 미소를 짓는다.

"너, 과자 좋아하니?"

난 말 없이 고개를 끄덕였다.

"할머니도 좋아하죠?"

"좋아하지."

"그럼 과자가 있는데 드릴게요."

사무실 여자는 다시 안으로 들어갔고, 잠시 후 과자 봉지를 가지고 나왔다. 핑크색 배경에 흰색 그림이 있는 포장지로, 그것은 크림색 리본으로 예쁘게 묶여 있다.

"이게 웬 거여?"

"내가 어제 집에서 만든 거예요."

"과자도 만들 줄 알아?"

"제빵 학원에 다니거든요. 그래서 만들어 본 건데 맛없으면 버리세요."

"버리긴, 아깝게……."

폐품을 건물 밖으로 내려 리어카에 싣고 건물 계단에 앉았다. 할머니는 사무실 여자가 준 과자 봉지를 뜯었다. 봉지 안에서 고소한 냄새가 난다. 가운데 솟아오른 모양이 상투를 닮아 불리는 상투 과자로, 겉이 노릇노릇하게 구워지고 여러 색으로 만들어 알록달록하다. 난 상투과자 하나를 먹어 보았다. 부드럽고 촉촉해 할머니 입맛에도 잘 맞았다.

할머니는 수레를 끌고 넓은 도로로 나왔다. 난 뒤에서 수레를 밀었다. 힘을 다해 미는데도 수레가 잘 나가지 않는다. 수레가 마치 커다란 돌덩어리 같다. 뒤에서 밀기만 하는데도 팔이 아프다. 숨이 거칠어지면서 이마에 땀도 난다. 할머니는 수레를 도로 옆으로 바짝 붙였다. 그래도 뒤에서 차가 덮치지 않을까 불안하다. 도로 코너에 승용차 한 대가 서 있다. 할머니는 차를 피해 왼쪽으로 수레를 꺾었다. 너무 급하게 틀었기 때문일까, 주차된 차에 수레가 그만 부딪치고 말았다. 차를 보니, 뒷범퍼가 긁히고 찍혀 있다. 상처 자국과 눌려 함몰된 게 선명하다.

"이를 어쩌!"

할머니는 놀란 얼굴로 차량을 보았다.

"어떡해, 할머니."

난 순간 눈앞이 깜깜해짐을 느꼈다. 더구나 그것은 고급 세단의 외제차다.

"차 주인이 왜 안 보여?"

할머니는 주위를 둘레둘레 바라보았다.

"어디 갔나 봐."

모른 척하고 이 자리를 벗어나고 싶지만, 할머니나 나 양심상 그럴 수 없다. 한쪽에 수레를 받쳐 놓고 차 주인이 올 때까지 기다렸다. 난 차 안을 보았다. 차 앞쪽에 전화번호가 있다. 할머니는 지나가는 사람한테 전화를 부탁했고, 얼마 후 차 주인이 나타났다. 삼십대로 보이는 남자로, 하얀 데님 팬츠에 허벅지 반 내려오는 맥코트를 걸치고 있다.

"미안합니다."

차가 훼손된 것을 보고서도 그는 할머니께 고개 숙인다.

"많이 놀라셨죠?"

그는 오히려 할머니를 위로한다. 내게도 괜찮냐고 하며 안심시킨다.

"정말 죄송해유. 이 비싼 차를……."

"아니에요, 제가 잘못한 걸요. 이곳에 주차해선 안 되는데 피해를 드렸네요."

"차 수리비 드리도록 할께유."

"아, 아니에요. 내가 잘못한 건데……."

"그래두……."

"아무 신경 쓰지 마세요!"

"이렇게 고마울 수가……."

할머니는 눈물을 글썽였다.

2
"내일 방학인데 우리 집 갈래?"

도아가 내게 말했다. 다른 애도 아닌 고급 빌라촌에 사는 도아가 자기 집에 가자고 해서 깜짝 놀랐다. 체육 시간 내내 난 집중하지 못했다. 평소와 달리 날아오는 공을 못 잡고, 충분히 피할 수 있는데도 공에 맞았다. 도아 말이 귓가에 자꾸 맴돌았다. 그리고 지난 시간이 주마등처럼 머리를 스치고 지나갔다. 내가 학교에서 왕따가 된 것은 사소한 일에서 비롯되었다. 같은 반에 김우진이라는 아이가 있었다. 김우진은 엄마가 외국에서 온 다문화 가정의 아이로, 조금 어두운 피부색을 가지고 있고 눈동자 색도 그렇고, 얼굴 골격도 우리와 달랐다. 그런 이유로 아이들은 그 애를 왕따시켰다.

"쟨 다문화야!"

"저 자식은 혼혈아야!"

"저 놈은 튀기야!"

"저 색끼는 더러운 색끼야!"

반 아이들은 김우진을 한시도 가만두지 않았다. 피부색이 다르다는 이유만으로 김우진에게 욕하고 물건 던지고 몸을 밀치며 때렸다. 난 아이들이 그러는 게 이해되지 않았다. 모두 다 같은 사람인데 왜 차별하는지 알 수 없었다. 김우진은 내가 보기에 심성이 착했다. 남에게 피해 주지 않고, 누가 뭘 빌려 달라면 잘 빌려주고 욕도 안 하고 수업 시간에 떠들지도 않고, 쓰레기 같은 것을 함부로 버리지도 않는다. 난 그런 김우진을 괴롭히지 않았다. 그러자 한 무리가 내게 다가와 말했다.

"야, 넌 쟬 왜 안 괴롭혀?"

"왜 괴롭해야 되지?"

나는 의아해서 되물었다.

"야이 이 색끼야, 몰라서 묻냐. 잰 우리 반 공식 왕따잖아!"

하지만 난 말을 듣지 않았다. 오히려 김우진과 가깝게 지냈다. 학급 안에는 서열이 존재한다. 첫 번째 순위는 싸움 잘하고 공부도 상위권인 잘사는 아이들과 일진회의 멤버들, 운동하는 무리들, 체격이 좋은 아이들이다. 그다음 순위는 공부도 잘하고 얼굴도 잘생겨 잘 나가는 아이들이며, 세 번째 순위는 평범한 아이들과 싸움 못하는데 센 척하는 아이들이다. 마지막 순위는 공부도 못하고 운동도 못하고 얼굴이나 목소리, 외모 등 어딘가 부족하고 어리숙한 아이들이다. 김우진과 난 반에서 서열 꼴찌다. 다문화 가족은 아니지만, 난 여러 가지 면에서 김우진과 비슷했다. 집이 가난하고, 수업 태도가 안 좋고, 산만해 다른 아이들보다 학습 능력이 떨어지고 거기다가 심한 낯가림과 작은 체구, 그리고 난 건강도 좋지 않다. 면역력 약화와 관계된 질병으로 알레르기성 비염 탓에 콧물과 기침을 일 년 내내 달고, 특히 겨울에는 감기에 자주 걸려 비염 증세가 심했다. 비염 증세만 있는 게 아니다. 아토피 피부염도 있다. 할머니는 내 짓무른 피부만 보면 속상해 한다. 아토피 치료를 받아야 하지만, 매일 끼니를 걱정해야 하는 상황에서 병원에 가는 것은 꿈조차 꿀 수 없다. 난 쉬는 시간에 김우진에게 말을 걸고, 밥 먹을 때도 같이 먹어 주었다. 그러자 어느 순간 왕따 타깃이 내가 되었다. 난 김우진이 겪었던 것을 똑같이 겪었다. 아니, 그보다 더 심한 괴롭힘을 당해야 했다. 가만히 보면 아이들은 자기 힘을 과시하고 싶은 욕구가 강했다. 특히 싸움 잘하는 아이들이 그랬다. 그 아이들은 자신이 힘이 센 존재라는 것을 주변 아이들에게 알림과 동시에 스스로 만족감을 얻으려 했다.

 김우진과 나를 왕따시킨 주모자는 세 명으로 아파트에 사는 아이 둘과 주택가에 사는 아이 하나인데 아파트에 사는 아이들은 오혜성와 황하율로, 그 아이들은 반에서 오등 안에 드는 똑똑한 아이들이다. 그 아이들은 착한 척하면서 뒤에서 할 것은 다 한다. 선생님 앞에서는 고분고분하나, 없으면 아이들에게 소리치고 욕하며 반 분위기를 주도한다. 주택가에 사는 아이는 반곱슬에 눈이 작은 권지후다. 그 애는 뒷담화를 잘하고 아이들을 이간질시킨다. 그리고 밥 먹듯이 거짓말을 잘한다. 세 명이 분위기를 몰아가면 나머지 아이들이 거기에 동조를 하는 것으로, 피구 할 때 공도 못 만지게 하고 만약 만지면 주동자들이 내게 욕하고 발길질을 해댔다. 난 점점 고립되어 갔다. 원래 내성적이었는데 더 내성적이 되었다. 점심시간에도 난 외톨이였다. 아이들은 왁자지껄 웃으며 먹었지만 난 혼자 먹었다. 외로운 것보다 창피함이 더 컸다.

 "니네 집 지하라며?"

 "니네 할머니 쓰레기 줍는다며?"

 "고아 색끼는 쓰레기야."

아이들의 괴롭힘은 계속 되었다. 난 아이들에게 바보 취급당하고, 벌레 취급당하고, 세균 취급당했다. 모둠 활동에서 옆에 책상을 붙이지 말라는 애들 때문에 멀리 떨어져 있어야 하고, 모둠 시간에 내가 발표하면 모두 비웃었다. 짝을 바꿀 때 아이들은 날 피했다. 체육 시간이나 야외 활동 시간에 혼자였고, 청소 시간에도 혼자 묵묵히 청소만 했다. 괴롭힘에는 구분이 없다. 다른 아이들한테 착하다는 평을 받는 아이도 나에게는 예외였다. 아이들은 내 책상에 낙서하고 가방에 쓰레기를 버리고 지우개를 잘라 내 머리 위에 뿌리고, 포스트잇에 '나는 왕따입니다'를 써서 내 등에 붙였다. 방과 후면 물건을 찾으러 다녔다. 신발부터 책가방, 교과서, 실내화 등이 어디로 사라졌다. 난 그냥 버텼다. 참는 게 내가 할 수 있는 유일한 일이었다. 왜 이런 일이 일어날까? 내가 문제가 있어서일까, 아니면 내가 뭘 잘못한 걸까. 오래도록 지속된 괴롭힘에 나는 내게 문제가 있을 거란 의심을 키웠고, 문제 있다는 자책감에 시달렸다. 나는 지금의 현재 상황을 차분하게 파악해 보았다. 그러자 내가 아무것도 갖지 못했다는 것을 알게 되었고, 그게 왕따의 원인이라고 여겼다. 그렇다면 가져야 한다. 뭔가 하나라도 가져야 한다. 가질 수 있는 게, 노력해서 얻을 수 있는 게 뭔지 생각했다. 부모는 내가 어떻게 하지 못한다. 집이 가난한 것도 그렇고, 외모도 마찬가지다. 남은 건 싸움과 공부, 난 공부를 택했다. 어차피 친구와 놀 수도 없어 공부나 해보자는 생각도 있었다.
 그 뒤 난 미친 듯이 공부했다. 살아남기 위해, 더는 괴롭힘을 당하지 않기 위해 죽자 살기로 했다. 공부에 대해 누구한테 물어보고 싶어도 물어볼 사람이 없어 그냥 교과서를 읽었다. 읽는 게 공부라고 생각했다. 시간을 정하고 어떻게든 그 시간 동안 읽고, 공부하기 싫어도 책을 덮지 않았다. 그림도 안 그리고 오직 책만 보았다. 아침에 눈 뜨자마자 책을 펴고 밥 먹을 때도 보고, 화장실 가거나 길을 걸을 때도 보았다. 그러다가 공책에 쓰기 시작했다. 교과서를 옮겨 적었는데 읽기를 오십 번, 쓰기를 다섯 번 하니 교과서가 다 외워졌다. 나와 우등생들과의 학습 차이는 많이 났다. 그 차이를 메우기 위해 그들보다 오래, 더 많이 공부해야 했다. 공부하다가 코피를 한 바가지 쏟기도 하고 눈두덩이가 경련을 일으키고, 갑자기 눈앞이 어두워지면서 바닥에 쓰러진 적도 있었다. 그렇게 일 년이 지나자 변했다. 시간과 노력은 결코 배신하지 않았다. 성적이 비약적으로 올라 최상위권에 도달했고, 나중에 선생님으로부터 영재 소리까지 듣게 되었다. 집의 책들을 읽기 시작한 것은 이때부터. 할머니가 주워온 책은 다양하다. 동화책을 비롯해 역사, 과학, 문학, 시사, 경제, 철학 등 고루고루 있었다. 난 아무 책이나 막 읽었다. 읽는 것은 내게 어렵지 않았다. 다만 내용이 어려워 책장을 빨리 넘길 수 없었다. 난 이해가 안 되면 읽기를 반복했다. 그렇게 하니 생소하고 어려운 분야의 책도 자신감이 생겼다.

3

도아가 살고 있는 빌라는 공원 옆에 자리하고 있다. 10여 가구가 모여 있는 지하 2층 지상 6층의 고급 빌라로, 외관이 화려하다. 비밀번호와 경비원의 통과 없이는 들어갈 수 없는데, 넓은 정원에는 석탑등과 돌들이 장식돼 있고 다양한 수종의 나무가 서 있어 마치 식물원을 보는 듯하다. 현관 앞 센서 앞에 얼굴을 인식시키자 문이 자동으로 열린다. 안으로 들어가니, 또 하나의 문이 나온다. 도아네 집은 신발장부터 시선을 끈다. 신발장에는 도아 신발이 많다. 신발 브렌드는 휠라, 카파, 아디다스 등이 있다. 집 안 내부는 호텔 부럽지 않은 수준이다. 화이트톤에 크림색 천연 대리석이 깔린 고급스런 인테리어로 갤러리 같은 느낌이 난다. 긴 다인용 소파 등이 대형으로 배치돼 있고, 가족끼리 담소를 나눌 수 있는 테이블 하나가 가운데 놓여 있다. 한쪽에는 고급 안마기와 승마 기구가 있는데, 안마기는 머리 덮개가 날개를 펼친 나비 형태로 등이 닿는 부분이 곡선으로 되어 있고, 승마 기구는 안장과 높낮이 조절이 가능한 발걸이와 안장 손잡이가 있지만 작아 공간을 많이 차지하지 않는다. 그리고 초대형 TV와 고려청자, 신라 금관이 눈에 띈다.

방은 거실을 기준으로 양옆으로 나뉘어져 있다. 세대 분리가 가능해 두 가구가 살기에도 좋은 구조다. 도아 부모가 사용하는 방은 아늑한 침실과 함께 서재, 욕실, 드레스룸이 있다. 난 도아 방을 구경했다. 도아 방은 크고 넓다. 책장과 장식장을 모두 방에 들여놓아도 넉넉하며 주변에는 작은 사이즈의 모아이 석상과 나무로 만든 모형 배가 있다. 방에는 하얀 침대가 있다. 필요에 따라 등받이를 올렸다 내렸다 할 수 있는 리클라이닝 모션 침대로, 헤드가 없는 침대이기에 헤드 벽면은 아트월로 꾸며져 있다. 난 침구를 만져보았다. 그것은 실크처럼 부드럽다. 침실 안쪽에 슬라이딩 문을 열면 욕실인데 바닥과 벽이 전부 대리석이고, 세면대에 물 나오는 곳은 금으로 도금돼 있다. 변기는 벽에 붙은 전자식 버튼으로 작동하며, 욕조 앞에는 미니 TV도 설치돼 있다. 난 갑자기 도아네 집안이 궁금해졌다. 도아는 어떤 집안에서 태어났기에 금수저인가. 부촌에 살고, 이런 호화 빌라에 산다면 집안이 특별할 것이란 생각이 든다. 역시 도아는 집안이 대단했다. 도아는 원래 탄생 배경이 잘난 아이로, 형제도 없어 재산이 모두 상속될 예정이라 꼭대기의 삶이 이미 예정돼 있다. 도아는 사는 것과 교육, 아니 그 모든 것에서 달라 애초 태어날 때부터 나와 시작선이 달랐다.

　도아는 엘리트 집안 출신으로, 부유함의 근원은 증조할아버지 덕분이다. 증조할아버지께서 모두가 알만한 그룹 부회장이다. 아버지는 S대 의대를 나온 의학박사로 현재 성형외과 원장이다. 엄마 또한 S대 법학과와 하버드 로스쿨을 졸업해 변호사로 활동하고 있다. 역시 S대를 나온 할아버지는 종합 병원 원장으로 있고, 도아의 작은 아버지와 고모들은 할아버지 병원에서 전문의로 있거나 의과대학 교수, 화가, 뮤지컬 배우 등의 직업을 갖고 있다. 외가 쪽은 장관, 국회의원, 특수부 검사, 대법원 판사 등 사법부나 명예직으로 있다. 그런 집안에서 자란 도아는 나와 사는 것 자체가 달랐다. 금으로 완전 똘똘 뭉친 삶으로 부모님이 하고 싶은 것 다 해주고, 가지고 싶은 것 다 사주었다. 생일 파티도 특급 호텔 스위트룸을 빌리고, 호텔의 야외 수영장도 통째로 빌렸다. 특히 교육에 있어 최고의 환경을 만들어 주었다. 집에 집사를 두어 세 살부터 삼사십 대까지의 청사진이 그려졌다. 어디로 갈지 길이 제시되어 있으며, 장차 상위층이 되기 위해 국제 엘리트 코스를 밟도록 정해져 있었다. 맨 처음은 사교육 데리모를 고용하는 것으로 시작된다. 돌이 지나 말할 때부터 유치원에 다니기 전까지 하버드대에 보낸 학부모한테 위탁한다. 아니, 아예 아이의 양육을 통째로 맡긴다. 사교육 데리모는 엄마처럼 먹이고 씻기고 책 읽어 주고, 공원에 데려가 식물 관찰 등 체험 학습을 시킨다.

도아는 영어 유치원을 다녔다. 영어 유치원은 교사 전원이 대학에서 교육학을 전공한 미국인으로, 수업이 영어로 진행된다. 영어로 일기 쓰기, 일주일에 영어 동화책 한 권씩 읽고 테스트하기 등의 교육이 이뤄진다. 도아는 레포츠 클럽에도 다녔다. 레포츠 클럽은 아이들에게 차세대 리더가 갖춰야 할 기본적인 소양을 가르쳐 준다. 국제 매너 교육은 기본이고 골프와 승마, 수상스키, 산악자전거 등 다양한 레포츠를 경험하게 한다. 그리고 별도의 문화적 소양을 익히도록 했다. 모차르트와 베토벤의 곡을 듣고 자신의 감정을 표현해 보도록 하는 그림 그리기 수업과 서양화가로 활동 중인 선생님께 그림 그리기 지도를 받는다. 도아는 가족과 함께 의료 봉사 활동도 한다. 의료 봉사를 하며 어려운 나라들의 실상을 알게 됐는데 특히 질병과 재난으로 고통 받고 있는 것을 목격했다. 많은 사람들이 의료 혜택을 못 받아 말라리아와 에이즈, 결핵과 같은 전염병과 여러 재난으로 불행을 겪고 있었다. 의료 봉사 활동을 통해 도아는 어른스러워지고 의젓해졌으며, 세상에는 도움을 필요로 하는 사람들이 많다는 것을 알게 되었다.

영화관은 지하에 있었다. 10석으로 구성된 소규모 영화관으로, 고화질 고음질의 액자형 스크린에 천장에는 프로젝터가 있고 뒤쪽과 벽면에는 스피커가 설치돼 있다. 영화의 몰입도를 위해 어두운 암막 커튼이 쳐져 있는데, 앞쪽에는 영화관 느낌이 나게 리클라이너 소파가 있고, 그 옆 테이블에는 쿠키 박스와 물병이 놓여 있다. 그리고 와인 저장 냉장고가 있고, DVD와 블루레이 디스크가 채워진 책장도 눈에 띤다. 도아는 무선으로 연결해 빔 프로젝터를 켜고, 외부 기기에서 그것을 인식할 수 있도록 설정했다.

난 소파에 앉아 영화를 보았다. 화질이 믿겨지지 않을 정도로 선명하다. 거기에 압도적인 사운드와 대형 스크린으로, 마치 살아 움직이는 것처럼 느껴진다. 외계인이 나오는 SF 애니메이션 영화로, 다소 황당무계한 내용이었으나 흥미 있는 스토리로 전개되었다. 어느 날 지구 인간이 죽어 저세상으로 갔는데, 그곳은 온갖 꽃들이 만발한 초원이었다. 초원 위로 군데군데 사과나무와 복숭아나무가 있고, 드문드문 오두막집도 있었다. 그곳은 먹을 게 풍족하지는 않지만 아무 일 않고도 자연이 주는 것만으로 삶을 이어갈 수 있었다. 초원의 사람들은 당연히 인간 세상을 떠나온 죽은 자들이다. 그런데 수염이 가득한 노인이 나타나 주인공에게 묻는다. "다시 저세상에 태어나고 싶으냐?" 그러자 주인공은 고개를 끄덕인다. "그럼 이걸 먹어라." 그것은 파란색과 노란색이 섞인 신비로운 빛깔의 열매였다. 주인공이 열매를 먹자 갑자기 배경이 어두워지면서 그의 얼굴이 닭 모양으로 바뀐다. 눈을 뜨자 그는 자신이 다른 세계인 초록 행성에 와 있음을 알았다. 초록 행성은 닭들이 지배하는 세계였다. 닭들은 진보된 기술로 비행접시를 타고 우주여행을 하거나 다른 외계 행성과 전쟁을 벌이고 있었다. 반면 인간들은 식용 동물이 되어 우리에 갇혀 생활하고, 닭들의 조종을 받아 로봇과 함께 전쟁을 대신하고 있었다.

인간들을 보며 주인공은 문득 잃었던 기억을 되살린다. 그리고 자신의 부모형제와 친구들을 찾아내 그들을 탈출시킨다. 영화는 그림체도 좋고 캐릭터들도 예쁘고 성우들도 좋지만, 다소 스릴과 감동이 약하다는 생각이 든다.

도아와 두 번째로 한 일은 그림 그리기였다. 도아는 방 하나를 화실로 사용하고 있었다. 화실에는 도아가 그린 그림이 벽에 걸려 있고, 아직 미완성 그림들도 여기저기 눈에 띄었다. 선반에는 다양한 굵기의 붓과 다양한 컬러의 붓펜, 색연필, 네임펜, 마커펜, 보드 마커 등이 꽂혀 있고 트롤리 안에는 빈 캔버스와 스케치북, 다양한 컬리링 북, 오일 파스텔 엽서 등이 들어 있다. 그리고 수납 상자에는 물감과 파스텔, 크레파스 등이 보관돼 있다. 난 고작 미술 세트 하나가 전부인데, 미술 재료가 차고 넘친다. 붓만 해도 모양과 크기가 다 다르며, 학생들은 잘 사용 않는 전문가용 부채꼴의 평붓도 있다.

"여기서 너희 엄마 아빠도 그림 그려?"

"아니, 우리 엄마 아빤 그림하곤 안 친해."

우리는 큰 테이블에 나란히 앉았다. 도아는 내게 앞치마와 토시, 베리모를 내주었다. 테이블 위에는 풍경화를 위한 색상별 물감이 있고, 수채화 전용 붓과 팔레트도 있다. 먼저 이젤에 놓인 판에 수채화 전용지를 붙였다. 무엇을 그릴까, 난 잠시 생각에 잠겼다. 수채화는 생각보다 어렵다. 그렇지만 그리면 그릴수록 매력이 넘친다. 수채화는 물을 잘 다루어야 해서 여러 가지 기법을 익혀야 한다. 물감이 번지는 기법이라든가 물로 그러데이션을 만드는 방법, 물감을 튀기는 기법 등. 나는 도아가 사는 고급 빌라촌을 그려 보기로 했다. 소수를 위한 상류 주거지로, 하나같이 유럽형 외관과 외국산 내장재로 마감해 별천지 세상 같은 곳. 이미지를 떠올리며 연필로 스케치했다. 힘을 줘 진하게 그리지만 도아는 나와 달리 선을 흐리게, 그것도 여러 번 그리며 선을 만들어 나간다. 연필 사용법도 나와 다른데, 스케치할 때 깔끔하게 완성하려는 경향을 보이고 풍경도 꼼꼼하게 해나간다.

색을 칠했다. 지붕과 외벽, 기둥을 금색으로 칠한다. 그리하여 건물이 온통 황금색으로 빛난다. 가만히 보니, 붓질하는 것도 나와 도아는 차이를 보인다. 난 대충 쓱쓱 칠하지만, 도아는 섬세하게 붓을 움직인다. 이유를 물어보니, 원하는 색을 찾기 위한 거라며 물감의 배합 비율과 물의 양에 따라 표현하는 게 다르다고 했다. 도아는 색도 직접 배합해 쓴다. 이 색 저 색 여러 색을 섞어 다양한 색을 표현한다.

도아의 그림을 보았다. 도아는 겨울을 주제로 하얀 눈과 앙상한 나무와 눈 덮인 언덕을 그렸다. 나와 도아의 그림이 선명하게 대비된다. 초등학생이 그린 게 아닌 성인이 그린 그림 같다. 난 물을 많이 타 배경이 더 튄 그림이 된 반면 도아의 그림은 밝은 부분은 물의 비율이 높게, 어두운 부분은 농도를 진하게 조절해 입체감이 있다. 그림도 전체적으로 안정되고 수채화의 매력인 맑은 느낌도 나며, 나무를 표현하는 터치들이 과감하게 들어가 더 매력적인 것 같다.

이제 집에 가려는데, 도아 엄마가 오셨다. 도아 엄마는 시원해 보이는 곤색 반팔 정장에 구두와 가방, 액세서리까지 화이트 컬러로 통일해 화려하면서도 우아해 보였다.
"엄마, 이 애가 내가 말한 전교 1등하는 애야."
도아는 언제나 상대를 존중해 주는 마음을 갖고 있다. 자기가 1등하고 내가 2등 한다고 해도 될 텐데 날 생각해 주는 마음의 여유를 갖고 있다. 난 도아 엄마에게 고개 숙여 깍듯하게 인사드렸다.
"반갑구나, 우리 도아한테 얘기 많이 들었다."
도아 엄마 목소리는 부드럽고 따뜻하다. 도아 엄마는 상류층 사교클럽인 R클럽 멤버인데 클럽에 가면 의사와 교수, 기업인, 법조인, 정치인, 외국대사 등을 접할 수 있어 인맥 쌓기가 좋다. 도아는 어릴 때 클럽에 엄마를 따라다녀 영어를 자연스럽게 배울 수 있게 되었다. 모이면 대부분 국내외로 골프를 치러 다닌다. 부인들의 모임도 있어 같이 해외여행 가고 쇼핑하고 문화 센터나 요리 학원에 다니기도 한다. 저녁과 주말에는 멤버십 피트니스 센터나 수영장 등에서 운동을 한다. 집에 가사도우미가 있는데도 도아 엄마는 주방에 들어가 손수 쿠키를 구워 내오시고, 스타인웨이 그랜드 피아노 연주를 우리에게 들려주었다.

그날 난 식사까지 하게 되었다. 식사까지 하는 것은 부담스러워 그냥 가겠다고 했으나, 도아 엄마는 못 가게 붙잡았다. 주방 바로 앞에는 다이닝룸이 있는데 그곳에 음식이 차려졌다. 다이닝룸은 주방과 유리 패널로 가벽을 설치해 두 공간을 나누고 있다. 주방 쪽에는 주방 가구를 수납하는 서랍을, 다이닝룸 쪽에는 와인이나 잡지, 책들을 수납하는 선반을 설치해 분리했다. 열 명 가까이 한 자리에 착석할 수 있는 큰 식탁에는 진수성찬이 차려져 있다. 내가 못 먹어 본 음식이 대부분이고 무슨 요리인지 알 수 없는 음식도 많다. 정갈한 음식에 그릇도 화려해 마치 고급 레스토랑에 와 있는 기분이다. 난 무엇을 먹어야 될지 몰랐다. 종류도 많지만 모두 먹음직스러운 것들로 식탁을 풍요롭게 채우고 있다. 양식과 한식, 디저트까지 대략 30여 종이 되는데 이 많은 걸 어떻게 준비했을까. 음식은 오묘한 맛이 느껴진다. 집에서라면 빨리 먹겠지만 서두르지 않고 천천히 식사한다. 많이 먹거나 맛있는 음식만 먹으면 식사 예절이 아닌 것 같아 조금씩 고르게 먹는다. 연어 샐러드를 먹자 문득 할머니가 생각난다. 할머니와 같이 먹으면 얼마나 좋을까. 맛있는 음식을 혼자 먹어 할머니께 미안한 마음이 든다. 식사하고 나자 과일 디저트가 나온다. 이름도 어려운 체리 클라푸티. 체리가 익으면 맛이 어떨까 했는데 향긋하니 좋다.

"이걸로 맛있는 거 사 먹으렴."

인사드리고 집을 나서는데, 도아 엄마가 내게 돈을 주셨다.

"아니에요!"

난 사양했다. 식사까지 대접받고 돈까지 받으면 안 될 것 같았다. 그것도 생전 구경도 못한 큰 액수의 금액을. 그때 도아가 내 옆구리를 쳤고, 난 할 수 없이 돈을 받았다.

4

고급 빌라촌에 도아 말고도 단비라는 여자아이가 살았다. 처음에 단비는 내게 아무 관심이 없었다. 아니, 관심은커녕 무시했다. 나와 마주쳐도 본체만체하거나 뭔가 못마땅한 표정을 짓곤 했다. 그래도 그것은 다행이다. 어느 때는 내게 소리 지르고 욕을 퍼부었다. 단비는 외모로만 봤을 때는 괜찮다. 잡티 하나 없이 피부가 깨끗하고 치아가 가지런하며, 흔치 않은 스타일링의 옷차림새를 하고 있다. 그냥 딱 봤을 때 세련된 느낌을 주는데 옷과 신발, 액세서리가 명품으로 몸에 브랜드 로고를 휘두르고 다녔다. 똑같은 옷을 입는 것을 본 적 없으며 아이패드와 맥북, 폰 등을 새로 나올 때마다 구입한다. 그래선지 얼굴에 귀티가 나 보인다. 그러나 성격은 거칠고 우악스럽다. 단비는 특히 말싸움을 잘하는데, 말싸움이라면 누구한테 밀리지 않는다. 넌 뇌에 뭐가 들었냐, 니 저능아냐, 니 지능 딸리냐, 니 귀 썪었냐며 상대를 깔아뭉 갠다. 그리곤 상대가 정신 못 차리게 공격한다.

"나대지 마."

"저쪽 구석에 처박혀 있어 줄래?"

"너, 왜 그래 진짜. 너 그러는 게 비굴해 보이고 짜증 나."

상대가 여기서 멈추지 않으면 바로 욕이 들어간다. 연속적으로 어퍼컷, 훅을 날린다.

"뭘 아려 씨댕이년아, 조지고 싶니?"

"전봇대 뽑아다가 양사이드 눈깔에 푹 쳐넣을 색끼!"

"지랄 똥빠는 소리하구 자빠졌네. 니 같은 등신 땜에 우리나라가 망하는 거야. 알아들어, 이 똘마니 색끼야!"

여자애 중에 단비가 싸움 짱이라면, 남자애 중에는 장두혁이 짱이다. 장두혁은 다른 아이들과 확실히 달랐다. 다른 아이들이 레벨 5라면 그 애는 레벨 1로, 동물로 치자면 사자급이다. 덩치도 산만 하고 거기에 태권도와 검도, 합기도를 배워 몸이 날렵하고 맷집도 보통 아니다. 장두혁은 반 아이들에게 세상 못된 짓만 골라 한다. 남자 여자 할 것 없이 돈 뺏고, 숙제시키고, 거짓말하고, 이유 없이 때리고, 강제로 놀자 하고, 아이들 게임 아이템 뺏고, 그리고 수업할 때 재미없으면 그냥 나가 버린다. 장두혁의 취미는 아이들 괴롭히기로, 책상 위에 있는 여자애 필통을 가져간다. 그러면 여자애는 필통을 달라고 한다. 장두혁은 줄 테니까 받으라고 한다. 여자애가 손을 벌려 받으려고 하면, 장두혁은 던지는 시늉만하고 안 준다. 그렇게 약을 올리다가 그 애 따까리들한테 필통을 던진다. 마치 공처럼 서로 주고받는다. 여자애가 달려가 뺏으려고 하면 장두혁은 이렇게 말한다.
"니, 지금 내 손 잡은 거야?"
"빨리 줘!"
"그럼 이렇게 말해. 주인님, 어서 주세요, 라고!"
장두혁은 물건을 망가트려도 사과하지 않는다. 사과는커녕 오히려 목소리를 높인다.
"뭐 어쩌라고, 왜 나 보고 지랄이야!"
장두혁은 여자아이들이 지나가면 길을 막고, 다른 방향으로 가려 해도 길을 막는다. 용케 벗어나면 뒤쫓아가 등짝을 후려친다. 지나갈 때 다리도 거는데, 여자애가 몸 개그 하는 것을 보며 혼자 낄낄댄다. 장두혁은 또 여자아이들을 빤히 쳐다본다. 눈도 깜빡 않고 쳐다보면 여자아이들은 어이없어 웃는다. 그러면 이렇게 말한다.
"작작 웃어, 그렇게 웃으면 똥구멍에 털 나."
장두혁은 당연히 남자아이들을 괴롭혔다. 특히 몸이 뚱뚱한 김국현이란 애를 많이 괴롭혔다. 김국현은 키가 작은데 몸이 뚱뚱하다. 뚱뚱해도 너무 뚱뚱해 목이 없다시피 하고, 배가 어른 배보다도 더 나와 불룩하다. 김국현은 공부는 못하지만 순하고 착하다. 그런 만큼 자존감이 낮고, 누가 보더라도 만만해 보이는 스타일이다. 장두혁은 그 애를 흉보는 것은 기본이고 바이러스라느니 자살하라느니 죽으라느니 온갖 심한 말을 내뱉는다. 그리고 물건 뺏고, 턱 치고, 머리 때리고, 이마 때리고, 손목 때리고, 얼굴에 보드마카 묻히고, 볼을 고무줄처럼 쭉 잡아당긴다. "니 고추 있냐?" 이런 말도 서슴없이 하고, 여자들 앞에서 김국현 바지를 훌러덩 내리기도 한다. 그리고 그 애를 위아래로 훑으며 "너 살 언제 뺌? 안 뺌?"이런다. 장두혁은 심심하면 김국현의 물건을 던졌다. 연필도 던지고, 지우개도 던지고, 칼도 던졌다. 그리고 동전을 한 주먹 멀리 내던지곤 퐁개 훈련시키듯 하나도 빼놓지 말고 주워 오라고 한다. 그뿐 아니다. 자기 자리에 온갖 쓰레기 더미를 얹혀 놓고, "야 임마, 니가 다 청소해!" 이렇게 말한다. 장두혁은 김국현을 바닥에 눕히고 점프도 하는데, 그러면 그 애는 숨을 못 쉬며 괴로워한다. 장두혁은 그 애가 반응하는 것을 아주 재미있어한다. 만약 반응이 없으면 얼굴을 찌푸린다.

"어쭈 가만있네! 뒤질래?"

김국현은 장두혁이 두려워 반응하면서도 어느 때는 돌부처가 된다. 그러면 장두혁은 김국현을 닦달하기 시작한다.

"너 잘못했어, 안 했어?"

장두혁은 김국현 귀를 잡아당긴다.

"내가 뭘?"

"잘못했으면 벌 받아야지, 그치?"

"왜 날 괴롭히는 거야?"

김국현은 심각한 얼굴로 묻는다.

"넌 괴롭히게 생겼어."

"그런 말이 어딨어."

"널 보면 괴롭히고 싶어. 괴롭히고 싶어 죽겠어!"

"그러지 마."

"넌 내 애완동물이야, 알았지?"

"내가 왜?"

"난 널 갖고 놀아야 돼. 안 그러면 심심해!"

장두혁은 그 애가 뭔가 열심히 만들고 있으면 가서 부순다. 뭔가에 집중해 있어도 마찬가지다. 그 애가 다리를 다쳐 일주일 동안 학교에 못 나온 적이 있었다. 그러자 장두혁은 아이들에게 말했다.

"시발, 너무 심심해. 김국현 색끼가 없으니 미쳐 죽겠네!"

장두혁은 하루를 괴롭힘으로 시작해 괴로힘으로 끝낸다. 반 아이들 누구도 장두혁으로부터 자유롭지 못했다. 아니, 자유로운 애가 딱 한 명 있다. 바로 단비다. 장두혁은 단비한테는 꼼짝 못한다. 단비가 교실에서 떠들고 욕해도 아무 말 못한다. 한번은 단비가 육학년 남자애한테 맞은 적이 있었다. 그 애는 일진 서열 1위로, 다른 학교 일진과도 싸워 이긴 바 있는 유명한 애다. 그 애는 중학교 고등학교 일진 형들과도 어울리고, 조폭에도 가담돼 있다. 아무튼, 그 애 앞에서는 누구도 고개를 숙여야 하고 돈을 주어야 하고 때리면 아무 소리 없이 맞아야 한다. 머리를 한 대 맞은 단비는 어디론가 전화했고, 얼마 안 있어 팔에 문신을 한 덩치 큰 조폭들이 학교에 나타났다. 조폭들은 학교 일진들을 다 불러 모았고, 단비가 나타나자 동작을 멈추고 허리를 숙였다.

"회장님 따님, 오셨습니까?"

"저 색끼 얼른 조져 주세요!"

단비의 말이 떨어지기 무섭게 조폭들은 서열 1위 남자애를 두들겨 팼고, 그 일은 학교에 삽시간에 퍼져 단비 이름이 아이들 머리에 깊이 새겨졌다. 장두혁은 아마 깜빡했던 모양이다. 순간적으로 단비를 다른 여자아이들과 똑같이 생각한 것 같다. 아니면 간이 부어 뵈는 게 없었던가, 그것도 아니면 그날 머리가 어떻게 되었던지.

"시발년아, 조용히 해!"

장두혁은 단비에게 소리쳤다. 그러자 단비는 일 초의 망설임도 없이 장두혁의 뺨을 후려쳤다.

"이런 좆또 씨바마색끼가!"

장두혁은 단비의 기세에 눌려 아무 저항 못했다. 몸이 얼음덩이가 되어 그 자리에 멍하니 서 있었다.

"저리 꺼져, 이 미친 개찐따색끼야!"

그러자 장두혁은 아무 소리 못하고 자기 자리로 처벅처벅 돌아갔다.

단비와 두 번째 같은 반이 됐을 때였다. 공부라면 늘 꼴찌를 맴돌다가 내가 반에서 일등은 물론 전교 일등까지 하자 단비는 눈빛부터 부드러웠다. 한 번도 그런 적이 없는데 내게 다가와 말을 걸기도 했다. 그날은 아침부터 비가 내렸다. 어제 날이 좋았기 때문에 비가 올 거라곤 생각 못해 잠시 비를 우두커니 바라보았다. 난 밤에 내리는 비는 좋아도 낮에 오는 비는 싫다. 밤에 이불을 당겨 가만히 빗소리를 들으면 또 다른 세계를 경험한다. 정적 속에서 듣는 빗소리, 그것은 무척이나 새로운 느낌이다. 빗소리는 무언가 말하는 것 같고, 난 귀를 쫑긋 세우고 그 소리를 듣는다. 비는 내게 아득한 꿈에 대해 이야기한다. 그리고 내가 기억 못하는 옛이야기를 전해준다. 귓가에 꽃잎처럼 속삭이다가, 비는 이윽고 노래 부른다. 오래전 엄마가 들려주던 은은하고 아련한 옛 자장가를.

우산을 쓰고 집을 나섰다. 다행히 비가 많이 오지는 않았다. 이대로라면 학교에 도착해서는 그칠 것도 같다. 거리에는 물웅덩이가 눈에 띈다. 크고 작은 물웅덩이가 곳곳에 생겨나 있다. 아주 어릴 때 물웅덩이를 보면 걸음을 멈추었다. 그때는 물웅덩이에 소금쟁이가 있었다. 흑갈색 바탕에 갈색 무늬를 띤 소금쟁이.

어떻게 소금쟁이가 물웅덩이에 있는지 신기했다. 난 쭈그려 앉아 소금쟁이를 관찰했다. 가늘고 작은 몸통에는 은빛 잔털이 빽빽하게 나 있고, 머리에는 V자 모양의 갈색 무늬가 있다. 다리는 여섯 개인데 몸체에 비해 무척 길고, 그것은 좌우로 넓게 펼쳐져 있다. 먹이가 나타나자 소금쟁이가 민첩하게 움직인다. 바늘대롱 같은 주둥이로 먹이를 찌르더니 체액을 흡입한다. 소금쟁이가 물 위에 떠있는 것도 신기했는데, 표면 장력의 원리 때문이란 것을 나중에야 알았다. 횡단보도를 건너기 위해 신호등 앞에 대기 중일 때다. 난 도로에 물웅덩이가 있는 줄 몰랐다. 물웅덩이는 인도에나 있는 줄 알았는데, 차가 도로 위 움푹 패인 포트 홀을 지나면서 물이 튀겼다. 그것은 순식간에 일어난 일로, 아래를 보니 바지와 운동화가 젖어 있다. 그것도 흠뻑 젖고 더구나 흙탕물이라 눈에 확 띈다. 그때 멈춰 선 차에서 사람이 내렸다.

"너가 맞구나. 너인 거 같아 멈췄어."

차에서 내린 사람은 뜻밖에도 단비다.

"근데 너 왜 그래? 옷이 다 젖었잖아!"

차가 물을 튀겨 내린 줄 알았는데 그게 아닌 모양이다.

"여기서 그런 거야? 그럼 우리 차가……."

단비는 빗물이 고인 포트홀을 보며 당황해했다. 난 단비와 함께 차에 올라탔다. 차 운전수는 고용된 운전기사로, 말끔한 정장 차림에 키는 크나 몸이 홀쭉하다. 머리가 희끗희끗해 아저씨 같고, 어떻게 보면 육십이 훨씬 넘은 할아버지 같다. 차가 출발하자 단비는 운전기사에게 따지기 시작한다. 그러나 운전기사는 물웅덩이를 밟고 지나간 것은 맞지만 사람에게 물을 튀겼는지는 잘 모른다고 했다.

"이 아저씨가 어디서 거짓말을 쳐. 백미러로 다 봤을 거 아냐!"

단비는 운전기사에게 반말을 했고, 어린데도 어른에게 호통을 쳤다.

"아저씨가 잘못한 거야. 내 친구한테 사과해!"

난 단비에게 그러지 말라고 했다. 운전기사가 물을 튀긴 걸 몰랐을 리 없지만, 그것을 따져 묻고 싶지 않고 나이 든 분에게 사과받고 싶지도 않았다. 어떻게 보면 내 잘못이 더 클 수도 있다. 비 오는 날은 지나가는 차에 물벼락이 날아올지 모르므로 도로변에 붙어선 안 되고, 횡단보도 앞에서도 도로가 함몰돼 있는지 살폈어야 했다.

"시발 뭐해, 얼른 사과하지 않고!"

단비는 목에 핏대를 세웠다.

"미안해, 학생. 내가 잘못했어."

결국 운전기사는 내게 고개를 숙였다.

"그리고 아저씨, 내 친구 옷 어떡할 거야? 아저씨가 옷을 다 버려놨잖아!"

단비는 다시 운전기사를 다그친다.

"아저씨가 잘못한 거니까 아저씨가 옷값 물어줘. 알았지?"

단비는 세탁비도 아니고 옷값을 물어주라고 한다.

"아저씨, 귀 처먹었어? 왜 대답 안 해!"

그 뒤 단비는 내게 많은 관심을 보였다. 급식 줄 설 때 자기 앞으로 오라 했고, 내가 옆에 있으면 말을 걸었다.

"낼 숙제가 뭐였지?"

"넌 무슨 음식 좋아해?"

"어떤 스타일 좋아해?"

그리고 내게 뭔가 주었다. 새콤달콤 마이쮸를 비롯해 목캔디, 비타민C, 자일리톨, 커피 우유, 비타민 음료 등을 주고 펜텔 샤프와 아인 지우개, 파카 조터 볼펜 등의 학용품도 주었다. 한번은 사물함을 보니, 그 안에 쪽지가 들어 있었다. 날 좋아한다는 그런 내용이었는데 쓴 사람 이름을 밝히지 않았다. 몇 번 보아도 글씨체가 낯설어 누군지 알 수 없다. 그런데 단비가 날 운동장으로 불렀다.

"왜 날 부른 거야?"

"네게 할 말이 있어서."

단비는 내 눈을 제대로 맞추지 못했다.

"그럼 교실서 하지 왜 이런 데로 불러?"

"교실엔 애들이 있잖아."

단비 목소리는 작았다.

"뭔데 그래?"

"너, 사물함에 있는 쪽지 봤지?"

"근데?"

"그거 내가 놓은 거야."

"뭐?"

"야, 너 나랑 사귀자!"

"뭐라고?"

난 어이가 없었다. 단비가 이렇게까지 나올 줄은 몰랐다.

"나랑 사귀자. 어때?"

"미안해."

"왜?"

"난 그런 거 관심 없거든!"

난 솔직하게 말했다.

"야, 이거 몰카였어! 너 바보냐? 하하하하."

단비와 가까워진 것은 그 애와 학급 임원이 되고 난 뒤다. 단비는 2학기 임원 선거에 출마했는데, 처음에는 회장 선거에 나가려 했지만 낮은 성적 때문에 그렇게 하지 못했다. 단비는 선거 공약이 다른 아이와 달랐다. 다른 부회장 후보들은 친구들 의견에 귀 기울이는 부회장이 되겠다, 왕따 없는 반을 만들겠다, 쓰레기 줄이는데 솔선수범 하겠다 등의 뻔한 공약인데 단비는 한 달에 한 번 피자를 사주겠다, 교실 커튼을 갈아주겠다, 우유값을 모두 내주겠다, 킥보드를 하나씩 선물하겠다 등의 파격적이면서도 신박한 공약을 쏟아냈다. 아이들은 물론 환호했다. 아이들은 그것이 사탕발림이나 거짓 공약이 아니라는 걸 알고 있었다. 단비는 부모의 힘을 적극 빌어다 썼다. 과다한 물품 공세로 선거 운동을 펼쳤는데 아이들이 좋아하는 치킨과 햄버거, 초코케이크 등을 제공하고 학용품과 레고, 포켓몬 캐릭터용품 등의 선물을 돌렸다. 선거에 향응은 통했다.

회장이 된 나와 단비는 모든 게 달랐다. 단비는 성격이 활달하고 쾌활하나, 난 조용하고 얌전하다. 취미도 달라 난 미술을 좋아하는데 단비는 음악을 좋아한다. 무엇보다 큰 차이는 경제적, 사회적 요소로 단비는 대단한 금수저 집안이지만 난 흙수저도 아닌 가난에 찌든 똥수저다. 그런데도 우리 둘은 호흡이 맞았다. 난 내성적인 성격이라 아이들을 조용히 잘 시키지 못했다. 말할 때 목소리가 작고, 조용히 하라고 하면 아이들은 내 말을 귓등으로 듣고 목소리를 높이면 알았다고 할 뿐 다시 시끄럽게 굴었다. 물론 난 다른 면에 신경을 썼다. 친구들과 잘 어울리지 못하는 아이에게 말동무가 되어 주고 다른 아이들과 친해질 수 있게 도움 주고, 싸움이 일어날 때 양쪽 의견을 충분히 듣고 합의점을 찾아 중재해 주었다. 난 떠드는 아이들을 노트에 적는다. 하지만 그게 통하지 않는다. 아이들은 어차피 적힌 건데 하고 더 크게 떠든다. 그런데 이를 부회장인 단비가 해결했다. 단비는 여자아이인데도 카리스마가 있었다. 누가 떠들면 단비는 그 아이에게 다가가 지긋이 쳐다만 봤다. 왜 쳐다보냐고 하면 단비는 카리스마 있게 "조용히 하라고!" 했고, 그러면 그 아이는 더 이상 떠들지 못했다. 단비는 다른 방법도 사용했다. 아이들에게 빵과 초콜릿을 주면서 "얘들아, 이거 먹고 힘내고 내 말 좀 잘 들어주라!" 했다. 학급 일을 하며 난 단비와 이야기할 기회가 많았다. 학급 회의라든지 학급 행사, 학급 활동 계획 등을 통해 얘기를 나눴다. 그러다 보니 친해지게 되어 단비는 내게 스스럼없이 말 걸고, 몸을 간지럼 피우며 장난도 쳤다.

"야, 폰 좀 갖고 다녀!"

단비는 나만 보면 폰을 사라고 성화다.

"니가 폰이 없으니 답답해. 문자나 카톡이 아예 안 되니까."

며칠 후, 단비는 내 손에 폰을 쥐어 주었다.

"내가 공짜로 줄테니 야, 이거 써!"

휴대폰은 딱 봐도 좋아 보인다. 조그맣고 얇은데다가 디자인이 세련되었다. 하지만 난 그것을 도로 건넸다.

"요금 때문이라면 걱정 마. 내가 요금도 내 줄게."

그래도 난 휴대폰을 받지 않았다.

5

단비가 자기 집에서 놀자고 했을 때 난 거절을 했다. 하지만 단비는 물러서지 않았다. 핑계를 대도 계속 물고 늘어졌다. 숙제를 해야 한다고 하면 자기 집에서 하자고 했다. 할머니 일을 도와야 한다고 하면 일 마치고 놀자 하고, 친구랑 놀기로 했다고 하면 같이 놀자고 했다. 어느 날은 내게 이렇게 말했다.

"우리 엄마가 널 보재."

"너희 엄마가 왜?"

"우리 엄마가 도움 주고 싶대. 우리 반을 위해."

"우리 반을 위해? 그건 다 주시지 않았어?"

단비는 부회장이 되고 나서 선거 공약을 실행에 옮겼다. 그런데 무엇을 또 해주겠다는 건지.

"너, 우리 반 회장 맞지?"

단비는 정색을 하고 물었다.

"너, 우리 엄마 잘 모르나 본데 우리 엄마 재벌이야! 그러니 네가 회장이라면 다른 생각 말고 우리 엄마 봐. 우리 반과 우리 반 애들을 위해 말야."

내가 단비네 집에 간 것은 단비와 단비 엄마 때문은 아니었다. 물론 그것도 전혀 아니라고 할 수 없지만, 그보다는 숙제 때문으로, 방학 숙제 중에 친척이나 친구 집 방문 계획을 세워 방문한 후 보고 듣고 느낀 점을 정리해 제출하라는 게 있었다. 숙제를 위해서라도 단비네 집에 가야겠다는 생각이 들었다. 낮이라 그렇지만 고급 빌라촌은 조용했다. 거리에는 유흥 시설 같은 것도 보이지 않는다. 길은 볼수록 깨끗하다. 거리에 애완견이 있지만, 주인이 봉지를 갖고 다녀 똥 하나 구경 못한다. 사람들 표정은 온화하다. 얼굴에 미소가 가득하고, 가족들도 단란한 모습이다. 만약 실수로 몸을 부딪치거나 발을 밟으면 먼저 사과한다. 무엇을 찾듯 두리번거리면 누군가 다가와 도움을 주려 한다. 그러나 달동네와 주택가는 어떤가. 물론 주택가는 달동네에 비해 양반이지만……. 그곳은 매일 싸움이 일어난다. 음식 먹고서 돈 없다고 외상해 달라 고함지르고, 지나가다 살짝만 부딪쳐도 아파 죽는다며 길에 드러눕는다. 길거리가 무슨 쓰레기통도 아니고 담배꽁초는 말할 것도 없고 음료 캔이나 휴지 같은 것을 아무데나 막 버린다. 바닥에 침 뱉고, 무단 횡단하고, 차가 와도 피할 생각 않고, 누가 옆에 있든 없던 큰 소리로 통화하고, 상대가 어리면 무조건 반말하며, 그리고 걸핏하면 욕이다. 고급 빌라촌에는 박물관이나 미술관, 공연장, 문화회관, 예술 극장 등 문화 공간도 많다. 달동네와 주택가에 있는 고물상, 오폐수 처리장, 컨테이너 물류기지, 폐기물 재활용 시설과 폐기물 적치장, 노숙인 자활 시설 등은 보이지 않는다. 어디를 가나 '경비 중'이라는 표지판을 볼 수 있고, 사설 경비 직원이 출입구를 늘 지키고 있다.

  단비가 사는 빌라는 한눈에 보아도 으리으리하다. 이국적인 유럽풍의 외관으로, 왕이 사는 성을 연상케 한다. 빌라 단지는 사람과 차량의 출입을 철저하게 통제하고 있다. 2중, 3중 보안시스템과 24시간 경비 시스템으로, 배달하는 사람들조차 들어갈 수 없는 구조다. 대문에 들어서니 출입문이 또 있고, 카페트가 깔린 계단이 나온다. 지하 2층에는 모두 외제 승용차가 주차된 주차장이 있고 호텔 스타일의 로비가 있는 지상 1층에는 와인바와 헬스장, 요가 센터, 마사지룸, 파우더룸이 완비돼 있다. 여러 세대가 한 건물에 있는데도 각 호수에 출입구가 별개로 되어 있다. 엘리베이터도 세대당 한 개씩 주어져 집과 연결돼 있는데 단지 내부도 각종 CCTV와 열 감지 센서, 적외선 탐지기, 각 세대별로 동체 감지기 등이 설치돼 있다. 단비가 사는 빌라는 초호화 고급 빌라로 복층으로 이루어져 있다. 집 안으로 들어가니, 현관부터 대리석으로 세팅돼 있고 양쪽으로 열리는 문을 지나자 이번에는 전실이 나온다. 보통의 집에서는 거실이 되어야 하는데, 초대형 평수의 이곳은 전실이 먼저 맞는다. 운전기사가 대기하고 손님들이 기다리는 공간으로 넓은 소파와 테이블, 몇 개의 가구들이 배치돼 있다. 거실에 들어서는 순간 난 작은 탄성을 내질렀다. 눈앞에 펼쳐진 고풍스러운 가구와 인테리어는 서구의 부잣집 그 자체다. 거실은 얼마나 넓은지 운동장만하다. 바닥은 수입 대리석으로 세련되고 천장은 깊게 솟은 오픈형으로 우아한 무드 등이 설치돼 있다. 거실에는 TV 거실장이 있고 블랙에 광택이 도는 이태리 통가죽 소파와 테일런 대리석 소파 테이블이 있다. 거실 한쪽에 어항도 있는데 5미터가 넘는 대형 어항으로, 수십 마리의 알록달록

한 고기들이 물속에서 헤엄치고 있다. 화장실은 또 어떤가. 화장실은 볼 일 보기 부담스러울 정도로 고급스럽다. 변기 근처로 가면 변기 뚜껑이 자동으로 열리고, 일을 마치면 물이 자동으로 내려진다.

불현듯 생각이 밀려온다. 도아네 집에서도 느꼈지만, 단비와 난 사는 세계가 완전 다르구나 하는 생각이……. 도아와 단비를 보면 꼭 다른 별에 사는 외계인 같다. 같은 세상에 같은 사람으로 태어났는데, 사는 동네와 사는 모습이 왜 이리 다른지……. 누구는 정말 왕처럼 사는데 누구는 왜 거지처럼 사나. 아니, 거지만도 못한 노예의 삶을 살고 있다. 사람들은 말한다. 세상은 원래 불평등하다고. 자본주의 세상은 경쟁을 전제로 하기에 거기서 이긴 사람이 많은 걸 가져가는 구조라고, 그걸 받아들이는 것에서 생존이 시작된다고 한다. 예를 들어 닭들의 세계도 모이를 쪼아 먹는 순서가 있고, 새들의 세계도 힘세고 영리한 새가 최고의 자리를 차지한다. 치타와 표범, 사자, 코뿔소, 코끼리 등 모든 동물은 서열이 존재한다. 그래서 서로 치열하게 싸우고 결국 승자가 모든 것을 독식한다. 동물 세계도 그러한데 인간 세계는 말할 것도 없다. 그렇지만 인간은 다른 생물보다 우수한 존재가 아닌가. 다른 생물종과 달리 창의적 능력을 지녀 자연적 환경에서 벗어날 수 있지 않은가.

단비네 집은 방이 많았다. 대식구가 함께 살아도 다 못 쓸 정도로 곳곳에 방이 숨어 있다. 방을 둘러보다가 길을 잃을 수 있게 큰 스케일과 구조를 지니고 있다. 더구나 방이 다 큼직큼직하다. 그렇기 때문에 다양한 용도로 활용되는데 단비만 해도 자기 침실이 있고, 공부방과 악기방이 따로 있다. 침실은 볼 수 없지만, 공부방과 악기방은 보여주었다. 공부방은 실크 벽지로 되어 포근하고 아늑해 보인다. 공부를 위해 꾸며진 방으로, 큰 책장이 전체 벽면을 가득 채우고 있다. 5단 책장에 이중 책장으로, 모든 칸을 다 안 채우고 석고상을 배치하고 먼지가 안 쌓이게 유리문이 설치돼 있다.

"여기 책들은 다 읽은 거야?"

큰 책장에는 책들이 칸칸마다 채워져 있다. 교과서와 문제지를 비롯해 음악, 사회, 과학, 역사, 예술, 동화책 등 다양한 책이 비치돼 있다. 어찌 보면 공부방이라기보다 작은 도서관 같다.

"내가 저거 다 읽었으면 공부 일등하게."

단비는 해맑게 웃는다.

"그래도 동화책과 음악책은 봐."

책장 한쪽에 책상이 있다. 스탠딩 책상으로, 편한 자세를 유지할 수 있게 버튼으로 높이를 조절할 수 있다. 그리고 책상 위에 최신 컴퓨터와 아이패드, 에어팟이 있다. 난 이런 공간을 가진 단비가 부러웠다. 악기방은 새로 오픈한 곳처럼 쾌적하고 넓다. 방음 효과에 좋은 자재를 사용해 한쪽 벽면은 우드 톤의 루바를 덧

대고, 위는 블렉 컬러의 레일 조명을 더했다. 악기방에는 많은 악기가 있다. 피아노를 비롯 첼로, 플롯, 비올라, 바이올린, 거문고와 가야금까지.

"여기 있는 악기, 모두 다룰 줄 알아?"

"그렇긴 하지. 그런데 잘하는 악기가 있고 못하는 악기가 있어."

"잘하는 악기는 뭔데?"

"맨 처음 배운 바이올린. 다섯 살 때부터 배웠거든."

"다섯 살 때부터?"

"바이올린은 예쁜 소리를 내려면 시간이 많이 걸려. 테크닉도 정말 힘들어. 손에 물집이 잡히고 턱에 닭살도 생겨."

악기 이야기가 나오자 단비 눈빛이 빛난다. 평상시와 다른 모습으로 차분하고 진지하다. 단비는 악기방에서 레슨 받고 이론 수업 받고, 여기서 악기도 연습한다고 한다. 난 악기들을 물끄러미 바라보았다. 여기 있는 악기 중에 내가 연주할 수 있는 것은 하나도 없다. 내가 다룰 수 있는 것은 고작 리코더와 단소뿐. 난 또 내 자신이 작아지는 느낌이다. 알고 보니 단비네 집은 보통 부자가 아니다. 내가 생각한 것보다 그 이상으로, 단비는 태어날 때부터 금수저를 물고 나왔다. 아니, 금수저를 넘어 다이아몬드 수저를 문 다이아 수저. 단비 아빠는 TV 광고에도 종종 나오는 유명 화장품 브랜드 사장이다. 중국에 공장이 두 개나 있고, 베트

남에도 공장이 있다고 한다. 한 번은 내게 단비가 이렇게 물은 적이 있다.

"너, 갖고 싶은 거 없어?"

"갖고 싶은 거라니?"

"너가 갖고 싶은 거 있음 말해. 원하는 거 다 사줄 테니까."

"내가 아주 비싼 거 말하면 어쩌려고 그래?"

"천만 원 이하론 다 사줄게."

"천만 원?"

"내 용돈이 한 달 천만 원이야. 널 위해 천만 원 다 쓴다 해도 내겐 비상금이 있어. 그러니 부담 갖지 말고 말해."

금수저 자녀는 확실히 차원이 다른 것 같다. 단비와 대화를 하면 할수록 내 세상과 너무 달라 현타가 온다.

"너, 내가 퀴즈 낼 테니 한번 맞춰 볼래?"

날 재밌게 해주고 싶었는지, 단비가 갑자기 퀴즈 문제를 내겠다고 했다.

"무슨 퀴즈?"

"난센스 퀴즈야."

단비는 퀴즈를 좋아했다. 그래서 학급 면학 분위기 조성 겸해서 반 아이들한테 퀴즈를 냈고, 맞춘 아이에게는 사탕이나 학용품을 주었다.

"공은 공인데, 사람들이 제일 좋아하는 공은?"

"음······. 축구공?"

머리에 축구공밖에 안 떠올라 그렇게 말했다.

"틀렸어. 답은 성공이야. 또 문제 낼께. 금은 금인데 특히 도둑고양이가 좋아하는 금은?"

"도둑고양이가 좋아하는 금?"

"그래."

"뭐지? 황금인가?"

"아니, 살금살금."

난 하하 웃고 말았다. 단비는 내가 웃어서 좋은지, 재밌는 이야기를 들려주겠다고 했다.

"산속에 새끼 호랑이가 있었어. 그 새끼 호랑이는 자기가 호랑인지 아닌지 궁금해 아빠 호랑이한테 물었어. '아빠, 나 호랑이 맞아?' 그러자 아빠 호랑이는 '그럼, 넌 정말 호랑이야.' 하고 힘주어 말했어. 그래도 새끼 호랑이는 확신할 수 없었어. 이번엔 할아버지 호랑이한테 자기가 진짜 호랑이가 맞는지 물어보았어. '그럼 그럼, 넌 모든 동물들이 두려워하는 산속의 왕 호랑이가 맞아.' 할아버지 호랑이는 이렇게 말했고, 그제야 새끼 호랑이는 자기가 호랑이라는 걸 믿고 당당하게 산길을 걸었어. 그때 갑자기 저쪽에서 나무꾼이 숨 가쁘게 달려오는 것이었어. 훔친 선녀의 옷을 손에 쥐고서 말이야. 산길에서 마주치자 나무꾼은 새끼 호랑이한테 버럭 소리 질렀어. 비켜, 이 개새끼야, 라고······."

단비네 집은 무비룸이 별도로 마련돼 있었다. 웬만한 파티룸 뺨치는 고급스러운 인테리어에 편안한 분위기와 한쪽 벽면을 가득 채운 대형 스크린이 있다. 사운드는 음향의 소음을 감소시키고 입체 음향을 재생할 수 있는 시스템으로, 몰입도를 더 높일 수 있고 조명은 태블릿을 통해 영화의 분위기에 맞게 색상을 조정할 수 있다. 스크린 작동은 리모콘 3개가 필요하다. 사용 방법이 글과 그림으로 나와 있는데 리모콘마다 이름을 붙여두고, 그림에도 어디를 누르면 되는지 색상으로도 체크해 놓았다. 그때 가사도우미 아주머니가 들어왔다. 난 가사도우미 아주머니를 보고 깜짝 놀랐다. 그 가사도우미 아주머니는 다름 아닌 송이 엄마다.

"아, 아줌마……."

이게 어떻게 된 건지 가늠이 되지 않았다. 송이 엄마가 있을 곳은 시장인데 어떻게 이곳에 계시는지 어리둥절하다.

"여길 어떻게……."

놀라긴 송이 엄마도 마찬가지다.

"단비랑 같은 반 친구예요."

"아, 그러니."

"아줌마, 여기서 일하세요?"

송이 엄마 몸에 앞치마가 둘려져 있다.

"응, 가사도우미로……."

그리고 눈과 얼굴에는 무엇 때문인지 피멍이 가득하다.

"그럼 분식집은 안 해요?"

"응, 안 해."

난 왜 안 하냐고 물어보려다 그만두었다. 여기서는 대답하기 곤란할 거란 생각이 들었기 때문이다. 단비가 내게 송이 엄마를 아느냐고 물었다. 난 단비 말에 고개만 끄덕였다. 송이 엄마는 도안 문양이 있는 다과상을 내려놓았다. 다과상에는 고구마 볼과 딸기 카나페, 멜론 주스가 담겨 있다. 그것들은 송이 엄마가 직접 만든 간식으로, 고구마 볼은 동글동글한 모양에 적당한 크기라 앙증맞다. 겉이 바삭바삭해 식감이 좋고, 속은 물렁물렁해 촉촉한 빵을 먹는 느낌이다. 딸기 카나페는 비주얼이 예뻐 먹고 싶은 충동을 느끼게 한다. 접시에 크래커를 깔아 크림치즈를 바르고, 위에 달콤달달한 향의 딸기를 올려놨다. 딸기뿐 아니라 블루베리도 올리고, 애플민트 잎도 놓았다.

영화는 귀여운 펭귄들의 일상 이야기를 그린 건데, 난 영화에 몰입할 수 없었다. 머릿속에 송이 엄마가 자꾸 떠올랐다. 영화가 끝나갈 무렵 가야금 레슨 선생님이 오셨다. 그래서 단비는 악기 방으로 가고, 난 주방으로 갔다. 주방은 거실과 분리형으로 되어 있는데 앞쪽으로 다이닝룸이 따로 위치해 있다. 주방에는 최고급 주방 세트가 들어가 있고 수입산 냉장고와 와인셀러, 에스프레소 머신, 오븐 같은 가전 기기들이 설치돼 있다. 다행히 송이 엄마는 주방에 혼자 계셨다. 주방 바닥 청소를 했는데, 로봇 청소기로 안

하고 직접 걸레질을 하고 있었다. 손으로 닦아야 잘 닦인다며 구석진 곳을 닦았다. 난 송이 엄마한테 물었다. 집을 이사한 것과 시장 분식집을 그만둔 것에 대해. 그러자 송이 엄마는 다른 곳으로 이사를 가게 된 것은 옥탑방에 도둑이 들어 무서웠기 때문이고, 시장 분식집을 그만둔 것은 계약 만료가 되어 주인이 가게를 비워달라고 해 그리 됐다고 했다. 지금은 어디에 사는지 궁금해 물으니, 단비네 집에 사신다고 했다.
"여기에 방이 있나요?"
"가사도우미 방이 따로 있어."
복도에서 한 층 올라가면 송이 엄마가 기거하는 방이 나온다. 짐을 놓아도 되게 공간이 넓은 방에는 통창이 시원하게 나 있고 큰 사이즈의 침대가 놓여 있으며, 그 외에도 책상과 수납 가구 등이 배치돼 있다.
"분식집은 이제 안 해요?"
난 송이 엄마가 가사도우미로, 그것도 단비네 집에 도우미로 있다는 게 너무 낯설게 느껴진다.
"내가 몸이 좋지 않아서."
"어디 아프세요?"
"어지럼증이 있어, 내가……."
"가정집이라 여기 일이 더 힘들 텐데요."
"여긴 요리 전문 도우미 아줌마가 따로 있어. 그래서 난 그저 옆에서 보조만 해주면 돼. 집 청소하는 분도 따로 있고…….”

 나중에 알게 된 거지만, 송이 엄마 말은 사실과 달랐다. 상주 도우미라서 단비네 집에 기거한 것은 맞지만, 주택가 옥탑방을 떠나게 된 것과 시장 분식집을 그만둔 건 말한 것과 달랐다. 모든 것은 송이 아빠 때문에 비롯된 일로, 더 놀라운 것은 송이 아빠가 무서운 깡패라는 사실이다. 송이 아빠는 등에서부터 허벅지까지 문신이 있다. 등에는 용과 잉어가, 다리에는 호랑이 문신이 새겨져 있다. 송이 아빠는 차에 무기를 갖고 다닌다. 회칼과 장도리, 야구 방망이를 트렁크에 싣고 다닌다. 그리고 송이 아빠는 도박을 한다. 포커와 훌라, 섰다 등을 하다가 나중에는 경마에 빠졌다. 송이 아빠는 돈이 필요할 때만 집에 온다. 그러면 송이 엄마는 돈을 그에게 준다. 만약 적게 주면 폭력을 당해야 한다. 한번 시작된 그의 폭력은 누구도 말리지 못한다. 송이 엄마는 뼈가 부러지고 뾰쪽한 구두로 명치를 맞아 정신을 잃고, 둔기로 머리를 맞아 응급실에 실려 가기도 했다. 몸에 붕대 감은 모습을 보면 그는 이렇게 말한다.

 “미친년, 그 정도 가지고 뭐가 아프다고 엄살이야!”

 알고 보니, 송이 엄마는 슬픈 과거를 지니고 있었다. 난 지금도 이해할 수 없다. 그때 왜 내게 그런 얘기를 들려줬는지……. 송이 엄마는 어느 날 지워진 기억을 일부 되찾았다고 한다. 시골 본가 할머니 할아버지 손에서 자란 일과 전자제품 조립업체에서

근무했던 일, 그리고 악몽 같았던 지난 지하 생활의 일들을. 친구 생일이라 그날은 밤늦게 택시를 탔다. 차 문을 닫았는데, 손잡이 안 수납 칸에 축축한 게 느껴졌다. 안을 보니, 화장솜 4겹 정도가 가지런히 반으로 접혀져 있다. 이게 뭔가 하고 냄새를 맡았는데, 순간 앞에 사물이 두 개로 바뀌면서 머리가 핑 돌고 속이 메스꺼웠다. 그때 택시기사가 음료수를 건넸고, 송이 엄마는 무심코 그것을 받아 마셨다. 눈을 뜨니, 지하실이다. 30센티 두께의 콘크리트 벽에 열 평도 안 되는 공간. 송이 엄마는 쇠사슬에 묶여 생활했다. 빛도 안 드는 토굴 같은 방에서 사육되다시피 했는데 택시기사는 송이 엄마를 성 노리개로 삼고, 말을 듣지 않으면 온몸을 구타해 강제로 복종하게 만들었다. 일 년 뒤, 아이가 태어났다. 눈도 못 뜬 아이를 그는 골목에 내다 버렸다. 그리고 송이 엄마도 술집에 팔아넘겼다. 음식점과 술집, 노래방, 모텔 등 온갖 형태의 유흥업소들이 들어선 건물. 선불금을 받고 차용증을 쓴 뒤 지하에서 술집 생활을 시작했다. 그러나 그것은 구금 상태나 다름없다. 숙소 창문은 이중 쇠창살로 되어 있고 안에서는 문을 열거나 잠글 수 없는 구조로, 출입문은 자물통이 채워진 채 밖에서 잠겨 있다. 송이 엄마는 손님들 앞에서는 즐거운 척 웃는다. 한 푼이라도 벌어야 빚을 갚을 수 있기 때문이다. 그러나 제정신으로는 못한다. 업소 사장은 향정신성 약을 한 주먹씩 준다. 그것을 먹으면 몸이 비틀비틀하고 정신을 차리지 못한다. 넋이 나가게 되는데 하루 종일 정신이 몽롱하다. 송이 엄마는 잠을 이루지 못했다. 잠을 자려고 하면 천장에서 시꺼먼 물체가 내려와 자신을 짓눌렀다. 졸려도 눈을 못 감는다. 어떡하다가 잠들면 업소 사장이 꿈속에 나타나 자신을 괴롭힌다. 송이 엄마는 사람이, 그리고 사회가 무서웠다. 세상에 도움의 손길을 내밀 수 없었다. 업소 사장 뒤에는 늘 법이 있기 때문이다. 그러던 중 술집에서 송이 아빠를 만났다. 송이 아빠 역시 폭력배였으나, 사법 기관보다 낫다고 생각했다.

단비 엄마는 딱 보아도 부티가 철철 넘쳤다. 온몸을 휘감은 의상과 귀걸이 모두 고가의 브랜드 제품이라는 것을 알 수 있다. 흰색 블라우스에 밝은 블루 재킷을 입었으나, 컬러에 레이스를 넣어 고급스럽고 화려하다. 목걸이와 팔찌 각종 컬렉션, 머리끝에서 발끝까지 몇 억은 걸치고 있는 듯하다. 단비 엄마는 현재 늘푸른 재단 이사장으로 있다. 재단은 여성과 문화에 중점을 두고 아름다움과 사랑을 나누는 활동을 하며, 단비 엄마는 이런 활동을 통해 사회에 영향을 미치려 한다. 단비 엄마는 백화점 VIP 중에서도 최상위급으로, 백화점 내 별도의 공간에서 쇼핑을 즐긴다. 전담 판매 전문가가 브랜드별로 준비해 놓고 상품에 어울릴만한 신발과 가방, 액세서리를 같이 비치해 단독 매장을 꾸며 놓는다.

단비 엄마와 함께 들어간 음식점은 유럽의 왕궁에 들어온 듯 화려한 금장식 인테리어로 되어 있다. 천장은 천사들이 춤추는 천장화로 장식하고, 그것은 짜서 만든 벽지를 발라 호사스러움이 느껴진다. 매장 내부는 조명과 주방, 가구, 테이블 등 분위기가 우아하고 깔끔하다. 소수를 상대로 장사하기 때문에 홀에 좌석은 많지 않다. 그래서 음식 값이 어마어마하다. 한 끼 밥값이 할머니가 한 달 동안 주운 폐짓값보다 더 많다. 와인 한 병만 해도 백만 원이 넘는다. 코스 메뉴가 나오기 시작했다. 숙련된 요리사 열 명이 일사불란하게 음식을 준비한다. 진공 상태에서 초저온으로 얼리고 거품으로 추출하고 건조기로 말려 맛을 살린다. 조그만 접시에도 열 번씩 손대며 많은 노력을 기울인다. 첫 번째 코스는 세 가지 요리가 나왔다. 부사와 감귤류로 만든 음식은 젤리 같은 식감에 상큼한 향이 특징이고, 한우 안심은 입에 사르르 녹는 부드러움과 참나물 줄기 무침이 아삭하고, 옥수수 가루와 송로버섯으로 만든 튀김은 특색 있는 향과 식감이 인상적이다. 코스마다 셰프가 메뉴 안내를 해주지만, 아무래도 먹는 게 서툴렀다. 식사 예절이라는 게 있어 더 어렵게 느껴진다. 그 뒤 얼마나 많은 코스 요리가 나왔는지 모른다. 여섯 번째 코스 메인 요리는 흑돼지 안심구이 요리. 흑돼지는 고기가 부드럽게 썰리고 숯불 향도 난다. 흑돼지 옆에 우엉과 냉이, 소스, 소금이 있어 함께 곁들여 먹을 수 있다. 일곱 번째 코스는 디저트로, 요거트 아이스크림 위에 샐러리와 청포도, 레몬그라스, 로즈마리 크럼블이 올라가 있다. 마지막 코스로 차와 약과와 쿠키슈가 나왔다. 약과는 부드러우면서도 달달하고, 쿠키슈는 입에서 사르르 녹는다.

"너, 우리 단비 어떠니?"

차를 마시며 단비 엄마가 내게 불쑥 물었다.

"네?"

난 그게 무슨 말인가 했다.

"우리 단비 어떻게 생각하냐고? 예쁘고 귀엽지 않니?"

"아, 네……."

"엄마, 왜 그래. 부끄럽게!"

단비는 얼굴을 약간 붉혔다.

"널 보니까 우리 단비랑 잘 어울릴 거 같아 한 말이야. 그리고 너희 둘은 임원이잖니. 둘이 사이좋게 지내면 좋지 않아. 반 아이들 보기에도 그렇고. 어떠니?"

단비 엄마는 날 똑바로 쳐다본다. 난 이 상황이 부담스럽고 어색하다.

"너, 할머니랑 단둘이 산다며?"

"네, 맞아요."

"만약에 말이다. 네가 우리 단비랑 지금보다 친한, 아주 친한 사이가 되면 내가 널 도와주마. 너희 할머니가 더는 폐지 안 줍게 해주마. 집도 좋은 집에서 살게 해주고……."

난 대답 대신 입술을 깨물었다.

"넌 똑똑하니깐 내가 무슨 말하는지 알 거야. 집에 가서 한번 잘 생각해 보렴. 그리고 내가 너희 반을 위해 선물하마."

"네?"

"너희 반 책상과 의자를 바꿔주마!"

지하 주차장으로 내려갔다. 빌딩 지하 주차장에는 원활한 소통을 위해 바닥과 표지판에 화살표로 진행 방향을 표시해 놓았다. 운전기사는 방향 지시선을 살피며 노면 표시를 따라 시계 방향으로 주행해 갔다. 출차 차량 때문에 차가 빠지지 않자 단비 엄마가 운전기사에게 역주행해 가라고 했다. 운전기사가 머뭇거리자, 단비 엄마는 욕설과 함께 그의 머리를 주먹으로 내리쳤다. 순식간에 발생한 일로, 난 놀라 입을 다물지 못했다. 단비도 가세해 소리쳤다. 그때 알바 주차요원이 차를 멈춰 세웠다. 그러면서 알바생은 목소리를 높이며 운전기사와 단비 엄마에게 역주행하지 말라고 했다. 이에 단비 엄마는 다시 폭발했다.

"이 새끼가 어따대고 눈을 부라려!"

단비 엄마는 알바생의 뺨을 후려쳤다.

"이 호로새끼야, 너 죽을래? 내가 누군지 알아?"

단비 엄마 기세에 눌려 알바생은 아무 말 못했다.

"너, 무릎 꿇어! 무릎 꿇고 당장 내게 빌어!"

6

백화점은 큰 사거리에 위치해 있다. 지하 7층부터 지상 15층에 달하는 규모로, 계단식으로 쌓아 올려 마치 피라미드처럼 보인다. 웅장한 갈색 삼각형 건물은 각도에 따라 각기 다른 오묘한 색상을 뿜어낸다. 백화점 외관 전체가 주변 환경을 반사하는 거울로 되어 있다.

백화점은 연 면적이 십만 평이 넘으며 입점 브랜드만 사백 개가 넘는다. 단순한 쇼핑 공간이 아닌 식당가, 테마파크, 아쿠아리움, 멀티플렉스 영화관 등 다양한 엔터테인먼트와 문화 시설을 갖춘 대형 복합 쇼핑몰 형태다. 1층은 샹들리에처럼 화려한 조명이 이목을 끈다. 샤넬을 비롯해 구찌, 디올, 프라다, 버버리, 에르메스, 루이비통, 페레가모, 보테가베네타 등 30여 개 해외 패션 및 명품 브랜드 매장과 국내외 화장품 브랜드 30여 곳이 들어서 있다. 각 층에는 다양한 예술 작품이 전시돼 있는데 초현실주의 그림들로 마치 미술관에 와 있는 것 같다. 전자 매장은 신제품을 테스트하는 사람들로 가득하다. 부모와 같이 온 아이들은 태블릿 PC에 그림을 그리고 있다. 3층에는 북카페가 있는데, 환한 조명을 받으며 책도 읽고 차도 마신다. 아쿠아리움은 수많은 해양 생물을 직접 볼 수 있다. 들어가는 입구부터 다양한 물고기들로 감탄을 불러일으킨다. 재주 많은 펭귄들이 수영을 즐기고, 커다란 가오리가 웃으며 헤엄친다. 원통형의 긴 수족관의 물고기들은 자유로워 보인다. 마치 눈앞에서 바다 속 신비로움을 보는 것만 같다.

 백화점 앞 도로는 방문 차량들로 혼잡하다. 그래서 도로 한 차선에 삼각뿔을 일렬로 세우고 카우보이모자를 쓴 안내 요원이 차량을 유도하며 교통정리를 한다. 비디오 아트 작품을 상영하는 백화점도 기획 세일과 함께 사람들로 붐비고, 명품 백을 사려고 백화점 앞에 사람들이 줄서 있기도 하다.
 그런데 그중에 눈에 띄는 사람이 있다. 백화점 앞에서 누군가 춤을 추고 있다. 그는 흰 도포에 고무신을 신고 얼굴에는 탈을 쓰고 있다. 박 바가지로 만든 것으로, 뭉툭한 코에 치켜 올라간 눈꼬리와 찡그리는 듯 혹은 조롱하는 듯한 표정, 헤벌쭉이 벌어진 입이 자못 우스꽝스럽다. 그는 팔다리를 휘젓고 한 바퀴 돈 뒤 다시 뒤로 가며 덩실덩실 춤을 춘다. 큰 동작과 어깻짓이 활기가 넘치고 역동적이다. 사람들은 그를 힐끔 바라 볼 뿐 별 관심을 보이지 않는다. 그러나 그는 개의치 않고 미친 듯이 춤을 춘다. 탈에 얼굴을 감춘 채 한 올 한 올 풀어헤친다. 그때 불현듯 머릿속에 낯익은 얼굴이 떠올랐다. 탈속에서 세상을 향해 슬프게 웃는 도인 할아버지의 얼굴이…….

7

 그해 겨울은 무척이나 추웠다. 경기 침체에 따른 소비 감소가 할머니의 삶에도 많은 영향을 미쳤다. 세계적인 불황 탓에 폐지

수요가 줄어 상품 포장재로 쓰이는 재활용 종이 수요가 크게 감소했다. 폐지 줍는 일은 원래 수입이 적다. 꼬박 하루 일해도 천 원짜리 몇 장뿐이다.

그날도 할머니는 새벽에 집을 나섰다. 기온이 영하로 뚝 떨어져 얼음 언 곳이 많았다. 할머니는 문득 생각했다. 죽기 전까지는 덥고 추워도 움직여야 하는 게 내 팔자인가 하고. 가끔은 가난한 자신이 미웠지만, 모든 게 팔자려니 생각하며 견디었다. 그러나 이제는 몸이 예전 같지 않다. 노화로 인해 팔다리와 무릎, 허리 성한 곳이 없다. 고관절 양쪽과 두 무릎을 수술하고 엄지손가락도 마음대로 못 움직인다. 복막염 수술과 허리 수술도 했으며, 그런 와중에 폐지 줍다가 후진하는 차에 치어 왼쪽 다리를 다쳤다. 엎친 데 덮친 격으로 얼마 전 계단에서 굴렀다. 폐지를 들고 내려오다가 넘어져, 힘줄이 끊겨 오른쪽 다리마저 절었다.

할머니는 주택가를 한 바퀴 돌며 폐지를 주웠다. 늘 반복되는 일상이다. 다닥다닥 붙은 건물에 인도와 차도가 섞여 있고, 불법 주정차로 차 한 대 지나가기도 어려운 골목이다. 오르막을 오르다가 내려오는 차와 마주하면 당황스럽다. 운전자가 경적이라도 울리면 이마에 식은땀이 흐른다.

할머니는 수레에 마대 자루를 싣고 고무줄로 고정시켰다. 영하 10도의 추운 새벽, 왕복 4차선 횡단보도를 건넜다. 숨이 차 잠시 도로 한복판에 수레와 함께 서 있었다. 택시가 속도를 줄이며 그 옆을 피해 간다. 그리고 이어 검은 승용차가 할머니를 그대로 들이받는다. 만취 상태의 운전자로, 도로 위에 모자와 신발이 춤추며 떨어진다.

숲속 호수에서

　난 오솔길을 걸어요. 오솔길은 숲 한가운데로 나 있어요. 오솔길 옆에 꽃이 피어 있고, 새들의 지저귐 소리가 들립니다. 숲은 참 거대해요. 달동네 숲과 비교할 수 없이 크고 넓습니다. 똑같은 풍경의 연속이라 할 만큼 어디론가 끝없이 이어져 있고, 깊은 정글처럼 어떤 문명의 흔적도 찾아볼 수 없어요. 숲은 정말 울창해요. 나무들이 무성하게 자라 호밀처럼 가득 채우고 있어요. 삼나무를 비롯해 서어나무와 가문비나무, 아그배나무, 물푸레나무 등이 조화롭게 자리 잡고 있어요. 숲은 푸르름이 넘칩니다. 안으로 발을 들여놓을수록 머리가 시원하고 다리는 가벼워져요.
　호수가 마침내 모습을 드러냅니다. 숲으로 둘러싸인 호수는 크지도 작지도 않습니다. 호수는 잔잔하고 은은해요. 거센 바람이 몰려와도 움직임이 전혀 없을 것 같아요. 호수는 맑습니다. 그것은 정갈한 한 폭의 수채화 같은 모습이에요. 호수는 또 반짝입니다. 호수 위로 햇빛이 내려앉아 하얗게 부서집니다. 난 호수 앞으로 좀 더 다가가요. 호수와 숲이 마치 신비로운 동화 속 풍경 같아요.

문득 꿈속 세계가 아니, 숲속 밖 세상이 떠오릅니다. 숲속 밖 세상은 내게 감옥이었어요. 세모꼴 모양을 한 거대한 피라미드 감옥……. 저마다 가진 자본에 따라 흙수저, 동수저, 은수저, 금수저 등 수저 계급으로 나뉘었으며 흙수저는 1억 원 이하, 동수저는 20억 원 이상, 은수저는 50억 원 이상, 금수저는 자산 100억 원 이상이었어요. 사람들은 자기 계급을 유지하기 위해 눈을 동그랗게 뜨고, 한 칸이라도 더 오르기 위해 수단과 방법을 가리지 않았어요. 악착같이 경쟁하고 타인을 짓밟았죠. 피도 눈물도 없이 잔인하게……. 그러나 여기 숲속 세계는 그렇지 않아요. 수저 같은 게 없고 화폐 시스템도 존재하지 않아요. 당연히 피라미드 같은 것도 없고요. 그저 오솔길이 있고, 옹달샘이 있고, 메아리 소리가 있고 그리고 아득한 고요함이 있을 뿐이에요.

난 호수 너머를 바라봅니다. 그곳은 손 내밀면 닿을 듯 가까이 느껴지고, 세상 끝처럼 멀게 느껴져요. 호수 너머에도 하늘이 있고 구름이 있습니다. 그러나 그곳은 여기와 달라요. 파란 하늘 아래 오색구름이 있습니다. 난 멍하니 하늘을 바라보아요. 오로라인가 싶게 구름이 신비해 보입니다. 고운 곡선이 거꾸로 된 형태라 아치형 무지개를 뒤집어 놓은 모습이에요. 그것은 눈부시게 빛납니다. 마치 깊은 바다에 누운 영롱한 진주 조개껍데기처럼. 난 주먹을 꼭 쥐어요. 그리고 호수 너머로 뛰기 시작해요.

작품해설
언젠가 도시는 흔들리고

언젠가 도시는 흔들리고

최의진(문학평론가)

1. 고요한 재난

타고난 계층은 변하지 않으므로, 더는 개천에서 용이 날 수 없는 시대.

이를 바탕으로 '부모가 자식을 뒷받침해 주는 능력'에 따라 계급이 나뉘고 또 그 계급이 대물림된다는 수저 계급론[1]은 태어났다. 2015년 무렵 등장한 수저 계급론은 잠시 등장했다가 사라지는 유행어나 신조어, 가설로 사멸되는 대신 어디서든 통하는 실체를 가진 관용어이자 사회를 들여다보는 이론적 틀로 뿌리내렸다. 무한 경쟁 사회에서 개인의 변명을 용납하지 않고, '자아의 기획, 자율성, 개체성, 독창성, 개인적 성취를 극대화'[2] 하여 이

---
[1] 김수지, 「망가진 계층 사다리 수저 계급론」, 『신문과 방송』, 한국언론진흥재단. 2016. 12. 124~125쪽.
[2] 이영자, 「신자유주의 시대의 초개인주의」, 『현상과 인식』, 35권, 한국인문사회과학회. 2011. 9. 107쪽.

경쟁에서 승리하라 명령하는 신자유주의의 신화조차도 수저 계급론을 무마시키지 못했다.

수저 계급론이 진리가 되어 버린 사회에서 사람들이 공유하게 되는 믿음이란 대개 이런 것이다. 개인의 노력으로 무언가를 바꿀 수 없으며, 오로지 입에 물고 태어난 '수저'가 인생을 결정한다는 것. 그러므로 우리는 타고난 것을 물려받고 또 물려줄 수밖에 없으리라는 것. 고된 오늘이 미래의 삶을 바꿀 수도 없으며, 매일 허덕이다 마침내 인생이 그렇게 끝나고야 말리라는 암울한 전망 속에서 변화에 대한 소망은 좌절되고, 오늘의 성실함은 무력하며, 희박한 행운만이 판을 뒤집을 마지막 변수가 될 뿐이다.

방서현은 『내가 버린 도시, 서울』에서 수저 계급론이 양산하는 답답한 믿음과 체념을 재료로 하여, 도로 하나를 두고도 너무도 다른 삶이 펼쳐지는 것이 '보이지 않는 손에 길'든 듯 아무렇지 않게 여겨지는 서울을 그려낸다. 이 도시는 작가의 전작 『좀비시대』에서 배경으로 깔려 있던 계층 간 격차가 보다 전면으로 등장하고, 전작의 주인공 연우가 시도하던 저항(비록 실패로 끝났을지언정)은 한숨과 의문 정도로 수렴되어 버린 곳이다. 그곳에서 제대로 불릴 이름 하나 없이 '고아'로, '쓰레기'로, '달동네 사는 애'로 불리는 주인공 '나'의 시선을 통하여, 방서현은 양극화가 재난처럼 삶을 삼키더라도 아무도 지적하지 않는 고요하고 끔찍한 풍경을 가로지른다.

2. 나를 버린 도시

『내가 버린 도시, 서울』에서는 수저의 이름으로 불리는 네 개의 동네가 도로 하나 차이로 촘촘하게 맞닿는다. 수저 계급론이 만연한 도시임을 증명하듯 소설의 배경으로 등장하는 동네들은 지명 대신 오로지 '똥수저-흙수저-은수저-금수저'로 표상된다. 주인공 '나'는 그중 '똥수저 동네', 혹은 '달동네'로 불리는 산동네에서 제게 수저를 물려준 부모도 없이 길에서 자신을 주워다 기른 할머니와 함께 살아가는 아이다.

매체에서 달동네는 '시골처럼 평화로운 곳'이자 '가난한 사람들이 가족 단위로 모여 사는, 아직은 이웃의 정이 남아 있는 서민 주거지'로 소개되나, 그것은 '가난이 낭만으로 둔갑'된 결과물에 불과하다. 위생적인 주거 환경조차 보장되지 않는 산동네는 온갖 상스러운 말을 동원하는 뒷집의 싸움 소리에 밤잠이 깨고, 아이들의 소꿉놀이에서조차 그 싸움이 재현되는 우울한 풍경으로 가득하다. 겨우 하루씩을 이어가는 사람들에게는 사회 구조에 문제를 제기하거나 저항할 여력이 없다. 불합리하고 고된 삶에 대한 분노가 서로에 대한 폭력으로 분출되는 악순환만 반복될 뿐, 그곳에서 빠져나갈 탈출구는 좀처럼 보이지 않는다.

물론 이러한 상황에서도 누군가의 선의와 도움은 존재한다. 할머니가 자리에 누워 생계를 유지할 수 없던 겨울, 동네 사람 몇

몇은 '나'가 당장의 끼니를 해결할 수 있도록 쌀을 나누어주고 돈을 빌려주었다. 화재로 산동네 집이 불탔을 때는 익명의 기부자가 성금을 보내주었으며, 주택가로 이사한 후 만나게 된 송이 엄마는 마음을 내어 '나'의 식사를 챙겨주기도 했다. 할머니와 함께 고물을 줍는 동안 만난 사소한 친절들 또한 분명 '나'의 마음을 짧게나마 데우고 지나갔다.

그러나 이 선의와 도움은 실질적으로 '나'의 삶을 바꾸는 사다리로 기능하지 못하고, 때로는 '나'의 결핍을 더 부각한다. '나'가 받은 쌀과 돈이 떨어졌을 때 더 이어지는 도움은 없었고, 사회 안전망조차 제대로 기능하지 못했기에 '나'는 쓰레기통을 뒤질 만큼 허기에 시달리며, 잠시 베풀어진 송이 엄마의 친절은 '나'에게는 엄마가 없다는 사실을 오히려 각인시킨다. '금수저 동네' 아이가 '나'에게 재활용품이라며 건네는 노트북과 킥보드는 '나'는 한 번 갖기도 어려운 물건을 너무도 쉽게 버리고 새 물건으로 갈아치우는 금수저의 풍요로움을 재차 조명할 뿐이다.

이처럼 사회 안전망이나 선의가 누군가의 더 나은 삶을 담보하지 못하는 사회에서 '나'가 어떤 삶을 살게 될지는 초등학교라는 작은 사회 안에서 시연된다. 산동네뿐 아니라 주택가, 아파트, 고급 빌라촌에 사는 아이들까지 한곳에 모이는 초등학교 예비 소집일은 아이들이 학교에서 무엇을 배우고 자랄 것인지 정확히 예고한다.

얼마 후, 학교 선생님으로 보이는 사람이 아이들에게 줄을 서라고 했다. 모두 모여 줄 서는 게 아니고 동네별로 서게 했다. (중략) 그때 난 어렴풋하게나마 느꼈다. 초등학교에 들어오는 순간 아이들은 이미 각자 다른 출발선에 서 있다는 것을.

소설에서 초등학교는 서로 다른 아이들이 함께 살아가는 법을 배우고 자라가는 곳이 아니라, '수저'를 기준으로 서열을 세우는 공간으로 전락한다. 숙제로 '우리 집 아빠 차 소개하기', '우리 집 자랑거리 써오기'처럼 가정 형편을 적나라하게 드러내는 주제가 던져지는 동안, 아이들은 서로 사는 동네를 바탕으로 계급을 나누고 그 속에서도 힘과 외모, 부모의 능력 등을 기준으로 세세하게 서열을 짓는다. 이를 통해 아이들이 배우는 것은 자기보다 낮은 서열의 아이들을 무시하고 괴롭히는 것이 아무 문제도 되지 않는다는 세상의 질서다.

아이들이 세운 서열의 밑바닥에 속하는 '나'는 왕따를 당하던 다문화 가정의 아이 우진과 친하게 지냈다는 이유로 왕따의 대상이 되어 괴롭힘에 시달린다. 제게 문제가 있을 것이라는 자책감에 눌린 '나'는 괴롭힘의 원인을 자신이 '아무것도 갖지 못했'다는 사실에서 찾고, 자신의 노력으로 얻을 수 있는 유일한 것은 성적뿐이라는 생각으로 공부에 전념한다.

일 년을 내리 공부에 매진한 결과 '나'는 우등생 수준을 넘어

교사에게 영재 소리도 듣는 아이가 되고, 그 결과 '나'의 처지는 적어도 학교 안에서만큼은 제법 변하는 것처럼 보인다. 함께 놀 친구 하나 없이 따돌림당하던 '나'는 이제 학급 회장도 맡고, '금수저 동네'인 고급 빌라촌 여자아이와도 가까워진다. 그에 따라 그저 고급 빌라촌의 외벽만을 바라보던 '나'의 시야는 고급스러운 건물 안, '금수저'를 문 사람들이 영위하고 누리고 또 물려줄 삶까지도 들여다볼 수 있게 된다.

그러나 오직 그뿐이다. '나'는 '금수저 동네'에 편입되지 못한다. 아무리 성적이 오르고, '금수저' 아이들과 가까워져 그 집에 놀러 가 그들의 삶을 맛본다 해도 '나'가 결국 돌아와야 할 곳은 고물을 주워서 겨우 생계를 유지하는 삶이 기다리는 흙수저 동네, 주택가의 반지하다. '나'는 자신의 최선으로 공부를 택했으나 그것이 '수저'의 변화로 이어질 가능성은 희박하게만 보인다. '나'가 초등학교 시절에 일군 최상위권 성적이 이후 사교육과 교육 환경의 영향력이 더 커지는 중학교, 고등학교에 진학해서까지 과연 유지될 수 있을지, 혹 유지된다 하더라도 그것이 계급 상승의 사다리로서 온전히 기능할 수 있을지는 미지수다.

이처럼 계급 간 이동 가능성을 틀어막고, 그 계급에 따른 삶을 밀어붙이는 압력은 '나'의 사고 속에 부러움과 결핍을 새겨넣지만, 정말로 미래에 무엇이 되고 싶은지 꿈꿀 여백은 남겨두지 않는다. 그렇기에 '나'는 오래도록 그림을 그려왔더라도 그것을 진로로 삼을 생각조차 하지 못하며, '나'의 화폭에는 상상력과 꿈이 부재한다. 그림에서 주로 등장하는 것은 '나'의 눈에 비친 동네와 그곳의 사람들이며, 현실과 다른 상상이라고는 '나'의 두려움과 불안이 반영되어 '장승' 같은 모양으로 그려진 사람들과 같이 부정적인 모습이 주를 이룬다. 또한 동네와 사람들을 세밀하게 관찰하고 그려내는 동안 '나'의 생각이 가라앉는 것도 잠시일 뿐, '나'가 갖지 못한 것들을 끝없이 들여다보는 과정은 도리어 '나'를 결핍에 천착하게 만든다. 그림을 완성한 '나'에게 남아 있는 마음은 멋진 아파트를 그려도 '나'는 그곳에 살 수 없다는 괴리, 엄마를 그려 보아도 고아인 '나'에게 돈을 벌어 돌아올 엄마는 존재하지 않는다는 외로움이다.

결국 서울이 '나'에게 허락하는 것은 '나'에게는 영원히 허락되지 않을 삶과 건물들을 코앞에서 바라보며 부러워하고, 외계와 지구 사이 거리처럼 어마어마한 격차를 끝없이 느끼는 것이 전부다. 인간의 욕심으로 문명을 일구고 화려하게 불을 밝혔을지라도 그 도시의 불빛 속에 '나'의 자리는 없다. 이 도시는 '나'를 내버린 것과 마찬가지다.

3. 균열

화폭에 담길 꿈과 상상조차 소거하는 서울에서 살아갈 '나'의

전망은 소설 말미 '나'의 유일한 가족인 할머니마저 사고로 세상을 떠나며 더 어두워져만 간다. 이미 '나'를 버린 이 도시를 버리고 다른 어딘가로 떠난다 해도 지리적 위치만 바뀔 뿐 떠난 곳에도 여전히 수저 계급론이 몸집을 부풀리고 있는 한 보호자까지 잃은 '나'의 형편이 더 나아지지는 않을 것이다. 서울을 버려도 또 다른 서울이 아가리를 벌린 채 기다리고 있을 뿐이다.

소설 내부에서는 현 상황에 대한 돌파구가 발견되지 않는다. 자연스레 수저 계급론을 내면화하고, 불평등에 대한 문제의식을 체념과 안주로 갈음하도록 몰아가는 도시에서는 부당함을 명확히 인지하고 돌파구를 상상하는 것조차 어렵다. 개중 달동네 숲에서 도를 닦는 할아버지는 드물게 수저 계급론에 매몰되지 않은 인물로 등장하나, 그가 '나'에게 가르치는 것들은 현실에 발을 붙이고 수저 계급론과 맞서는 데는 한계가 있다. 불평등의 기원은 '육신을 자기와 동일시'하는 생각이며, 인간의 욕심 덕에 탄생한 도시의 화려함처럼 겉에 보이는 것에 현혹되지 않아야 '세상으로부터 자유로워질 수 있'다는 가르침은 현실을 돌파할 힘을 길러주기보다는, 오히려 모든 현실로부터 자유로워질 수 있는 피안의 세계를 상상하게 하기 때문이다.

결국 이 가르침이 주어지던 달동네 숲도, 소설의 마지막에서 '나'가 이르는 거대한 숲과 호수도, 도시를 버리고 떠나서 닿을 수 있는 현실적인 목적지가 되어 주지 못한다. '수저 같은 게 없'고

'화폐 시스템도 존재하지 않'고 '피라미드 같은 것도 없'는 숲과 호수는 그곳으로 향하는 길과 방법을 모르는 한, 현실에 실재하지 않는 환상적 공간으로 남는다.

그러나 『내가 버린 도시, 서울』은 죽어야만 이를 수 있을 듯한 피안의 세계를 유일한 답으로 여기는 몽상으로 끝나는 것은 아니다. 소설은 이미 시작 부분에서 돈과 계급으로 구성된 단단한 현실을 그저 받아들이는 대신 이를 '낮에 꾸는 백일몽의 세계', '진짜 세계가 아닌 가상의 세계'로 여기며 수저 계급론을 진리로 삼는 도시의 존재 기반에 충격을 가했다. 이미 귀에 익숙해진 수저 계급론을 그 충격 속에서 다시 한번 토해내듯 되뇌고, 불평등을 자연스레 여기는 대신 불평과 한탄이나마 계속하는 동안 수저 계급론의 질서 그대로 세계가 굳어버려서는 안 된다는 사실은 고요히 우리에게 각인된다. 더럽고 오염된 하천에서도 '어울리지 않게 꽃도 피'는 것을 포착하는 눈과 그 누구도 짓밟을 필요 없는 거대한 숲을 그려내는 상상력은 소망이 금지된 도시에서도 틈을 찾으려는 발버둥이자 누군가를 밟고 올라 누리는 부유함을 이상향으로 삼지 않으려는 안간힘이다.

이처럼 모든 것이 이미 수저대로 결정되었다는 사실을 믿기로 결정하는 대신 그 믿음으로 이루어진 서울을 버리기로 결단할 때, 수저 계급론으로 매끄럽게 마감된 것처럼 보이는 도시 밑에서도 균열이 끓기 시작한다. 발밑 저 깊은 곳에서부터 시작된 균열의 잠재태(潛在態, Potentiality) 위에서 우리의 시선은 이제 서울을 휘감은 화려함 너머로 향할 수 있다. 그 시야에 담기는 것은 아직 '어떤 문명의 흔적도 찾아볼 수 없'는 숲처럼 꿈 같은 풍경뿐이지만, 묵묵히 시작된 균열은 이 숲이 도시를 버린 이후의 목적지이자 구체적인 현실로서 도래하기를 기대하게 한다. 고요하지만 분명하게, 내가 버린 도시는 흔들리고 있다.

내가 버린 도시, 서울

초판 1쇄 인쇄일 • 2025년 11월 5일
초판 1쇄 발행일 • 2025년 11월 10일

지은이 • 방서현
펴낸이 • 임성규
펴낸곳 • 문이당

등록 • 1988. 11. 5. 제 1-832호
주소 • 서울특별시 강북구 미아동 126-1
전화 • 928-8741~3(영) 927-4990~2(편)
팩스 • 925-5406

ⓒ 방서현, 2025

전자우편 munidang88@naver.com

ISBN 978-89-7456-597-8 03810

값은 뒤표지에 표시되어 있습니다.

잘못된 책은 바꾸어 드립니다.
저자와의 협의로 인지는 생략합니다.
이 책의 판권은 지은이와 문이당에 있습니다.
양측의 서면 동의 없는 무단 전재 및 복제를 금합니다.

이 도서는 2025년 충청남도, 충남문화관광재단의 후원으로 간행되었습니다.